그깟
'덕질'이
우리를
살게 할 거야

그깟 '덕질'이 우리를 살게 할 거야

좋아하는
마음을 잊은
당신께
덕질을 권합니다

이소담 지음

앤의
서재

덕질이 구원한 인생

일본어로 적힌 책을 우리말로 옮기는 일을 한다. 주로 번역하는 분야는 소설과 에세이. 하루 8~10시간은 번역과 관련한 무언가를 깨작거리며 산다. 책을 번역하거나 읽고 옮긴이의 말을 쓰느라 머리를 싸매고, 통장을 보며 다음 번역비가 들어오면 뭘 지를지 계획한다. 매일 번역을 생각하며 사니, 일본어 번역 일이 정체성을 구성하는 데 중요한 요소가 됐다. 여기에 더해 직업과 비등비등하게 내 정체성을 구성하는 요소가 하나 더 있으니, 바로 덕질하는 사람이라는 정체성이다. 고백하건대 나는 덕후다.

덕질이란, 좋아하는 대상에 관련된 것을 열정적으로 알아내고 수집하고 사랑하는 각종 행위다. 그런 행위를 하는 사람을 뜻하는 일본어 '오타쿠(おたく)'가 한국에 알려지면서 한국식 발음 '오덕후'가 됐고 이후 '덕후'로 정착했다는 설이 있다. 이 '덕후'가 우리말처럼 쓰이면서, 좋아해서 하는 다양한 일을 '덕질'로 부르게 된 것 같다.

지금 '덕'은 접미사나 접두사로서 다양하게 쓰인다. 덕질을 시작하면 입덕, 덕질을 잠깐 쉬면 휴덕, 덕질을 아예 그만두면 탈덕, 덕질을 완벽하게 한 끝에 더는 할 것이 없어 만족스럽게 그만두면 완덕, 덕후로서 살아가는 인생은 덕생, 덕질을 통해 만난 친구는 덕친, 성공한 덕후는 성덕, 교통사고처럼 갑자기 무언가에 빠지는 것은 덕통사고, 어차피 덕질할 거 행복하게 덕질하자는 자조 섞인 말은 어덕행덕 등등 파생 용어가 다양하다. 인터넷에서 쓰던 말인데 이제는 어디서나 들을 수 있다. 일상 용어가 된 지 오래여서 새삼스레 짚고 넘어갈 필요도 없을 정도다. 혹시 모른다, 몇 년쯤 지나면 국어사전에 각종 덕덕덕덕덕들이 실릴지도?

　덕후라는 단어가 생기기 전에도 덕질은 있었고, 덕후도 많았다. 덕후를 대신할 단어도 얼마든지 있다. 수집가, 전문가, 마니아, 괴짜, 팬, 광, 빠순이나 빠돌이(아이돌 팬을 비하하는 의미지만, 요즘은 팬들이 자조적으로 쓰거나 타 팬을 공격할 때 쓰기도. '쓰레기'와 합쳐서 '빠레기'나 '빠렉'이라고도 한다), 그 밖에 당장 떠오르지 않는 단어들까지. 내포하는 의미는 조금씩 다르므로 덕후 하나로 뭉뚱그리면 언어의 다양성이 흐릿해지는 것 같다. 그래도 내 언어 감각으로, 덕후는 수집가나 전문가, 마니아라는 얌전하고 단아하고 정직한 단어로는 약간 부족한 무언가를 표현해준다.

　사랑이라는 늪에 빠져 허우적거리는 절박함, 숨길 수 없이 공기 중으로 뿜어나오는 욕망, 아끼고 싶은 동시에 파괴하고 싶은 모순된 감정. 수집가나 마니아로는 이런 감정을 담아내기 힘들다. 애간장이 타는 마음을 표현하고 싶을 때, 덕후만큼 찰떡인 말이 있을까. 어감부터 왠지 덕후스럽다. 그래서인지 저런 감정을 느끼는 대상 뒤에 붙이면, 웬만하면 잘 어울린다. 아이돌 덕후, 책 덕후, 만화 덕후, 애니메이션 덕후, 영화 덕후, 드라마 덕후, 배우 덕후, 성우 덕후, 커피 덕후, 역사 덕후, 피겨 덕후, 우주 덕후, 언어 덕후, 기계 덕후, 운동 덕후, 멍멍이 덕후, 야옹이 덕후, 애인 덕후, 남편 덕후, 아내 덕후, 딸 덕후, 아들 덕후…… 각종 땡땡땡 덕후들. 정말이지 잘 어울린다. 활용도가 높으니 널리 쓰이나 보다.

　나도 덕후답게 무언가를 열렬히 좋아하고 사랑해왔다. 한 가지를 진득하게 파서 전문가가 됐다면 일찌감치 이름을 알렸을지도 모른다. 언어 공부에 기쁨을 느껴 십수 개의 외국어를 할 줄 아는, 상상만 해도 정신이 아득해지고 존경심이 생기는 번역가처럼, 하나에 몰입했다면 지금쯤 한가락 하고 있겠다. 아쉽게도 문어발이 체질이라, 한 놈만 파는 열정이 부족해 마흔을 눈앞에 둔 지금 '반가락'조차 못하고 산다. 어쩌겠나, 타고나길 그런 것을. 덕후의 삶을 살았다고 주장하지만, 그간 덕질했던 분야의 덕후 검증 시험이 있다면 합격하지 못할 것이다. 어중간하게 즐기고 어중간하게 알아보고 어중간하게 좋아했다. 절대 덕후 스페셜리스트는 못 된다.

부족한 내가 감히 덕질을 이야기하는 글을 쓰다니. 여기저기 도사린 덕후들이 주제도 모른다고 손가락질하진 않을까? 이런 고민이 머릿속에서 복잡하게 난동을 부린다. 그래도 덕질은 내 인생에서 큰 비중을 차지한다. 모든 순간이 좋았다고 할 순 없지만, 수많은 이정표를 세워 지금의 내가 될 수 있도록 이끌어주었다. 덕질 덕분에 일본어를 공부하기 시작했고 그 결과 감히 천직이라고 생각하는 번역가가 됐다. 집 밖으로 나가서 새로운 사람을 만나고 새로운 경험을 할 용기를 부채질했다. 내 인생 진짜 망했다고 한탄만 하던 시기를 벗어나게 이

끌었다. 덕질 덕분에 여기까지 왔고 앞으로도 살아갈 수 있다. 그러니 주제넘은 욕심을 부린 건 아닐까 하는 걱정 따위 차곡차곡 접어두겠다. 또한 이것만큼은 당당하게 말할 수 있다. 깊게 파고드는 덕질은 못할지라도 얕고 길게 오래오래 하는 덕질에는 자신 있다. 지금껏 그래왔고 앞으로도 그럴 것이다.

먼 훗날 운 좋게 병상에 누워 편히 눈을 감으면, 그 순간에도 그때 덕질 대상을 생각할 것이다. 이 실낱같은 자신감을 믿고, 내 덕질 인생을 주섬주섬 풀어보려 한다. 지금까지 어떤 덕질을 해왔는지, 덕질이 나를 어떻게 구원했는지, 덕질에 무엇을 빚지며 살아왔는지, 좋아하는 것을 좋아한다고 마음껏 외치면 얼마나 행복한지를.

CONTENTS

좋아서 하는 짓,

그게 바로 덕질입니다

기억하는 모든 순간에 있었던 것,

그게 바로 덕질입니다

일상을 구원할 그 무엇?

그게 바로 덕질입니다

하다 보니 사는 게 좋아졌다고요?

그게 바로 덕질입니다

좋아서 하는 짓,

그게 바로 덕질입니다

1

이 사람이 내 아이돌,

내 오빠

"여러분, 제가 어제 여러분 인생을 책임지지 않는다고
말해서 상처받았죠?
맞아요. 전 여러분 인생을 책임지지 않아요.
신화 멤버들도 여러분 인생을 책임지지 않아요.
절대, 네버.
하지만 우리 신화 멤버들은 여러분을 무너지지 않게
만들 거예요.
왜냐하면 자기가 가장 좋아하는 어떤 것은 그 사람을
무너지지 않게 하거든요.
그러려면 저희가 무너지지 말아야 되겠죠?
저희가 무너지지 않으려면 여러분이 필요해요.
여러분의 사랑, 관심, 그리고 여러분의 존재 자체,
바로 신화창조. 믿습니까!"

2015년 3월 22일, 올림픽 체조경기장에서 열렸던
신화 17주년 콘서트「WE」막콘(마지막 콘서트의 줄임말, 첫
번째 콘서트는 첫콘) 때 멤버 중 김동완이 했던 말이다.

신화는 'I Pray 4 U'라는 노래를 부르기 전에 팬들
에게 고마움을 담은 멘트를 한다. 팬심을 저격하는(정확히
는 본인들이 저격이라고 생각하는) 멘트여서 제정신일 때 들으
면 오글거리는데, 콘서트 도중에는 몸도 마음도 흥분한

상태라 환호한다. 보통은 콘서트를 이끌어가는 역할을 담당하는 다른 멤버가 도맡아 하는데, 이날은 가위바위보로 멘트할 사람을 정했고, 김동완이 졌다. 갑작스럽게 멘트를 하게 된 그. 빨간 재킷과 하얀 와이셔츠, 까만 바지를 입은 그는 혼자 돌출 무대를 어슬렁거리며 위와 같이 말했다. 이때를 위해 준비한 듯이 조금도 망설이지 않고. 마지막 "믿습니까?"라는 외침에 체조경기장을 채운 팬들은 입을 모아 "믿습니다!"라고 외쳤다. 그 순간만큼은 그 많은 팬이 김동완을 종교 지도자로 둔 신흥 종교 광신도 같았다. 나도 목에서 피가 나올 정도로 "믿습니다!"를 외쳤고, 다른 멤버에게 멘트를 넘기며 통통 뛰어가는 뒷모습을 보며 친구를 부여잡고 귀엽다고 끙끙댔다.

본인은 별 의미 없이 머릿속에서 떠오르는 대로 말했을 것이다. 워낙 말을 잘하는 사람이다. 아마 기억도 못하지 않을까. 연예인으로 살면서 갖가지 말을 했으니 말하나하나 기억하라고 하면 폭력이다. 연예인의 발언 하나, 몸짓 하나에 과도하게 의미를 부여하고 되새김질하는 것은 팬들의 역할이다. 그래도 **"좋아하는 어떤 것은 그 사람을 무너지지 않게 한다."라는 말은 모든 덕질을 관통하는 진리라고 생각한다.** 막콘 때 DVD 출시용 촬영을 하므로 저 장면은 DVD에 고스란히 박제됐다. 팬들이 몰래 찍어 유튜브에 올린 영상도 있어서 종종 찾아본다. 주로 세상살이 내 뜻대로 안 돼 힘들고 지쳐서, 나를 지금 여기에 붙들어줄 힘을 얻고 싶을 때.

　내 덕질 인생에서 가장 덩치 큰 덕질은 아이돌 덕질이다. 가장 오래 한 덕질이라고 할 순 없다. 가장 오래 했고 지금도 하는 중인 덕질은 책 덕질이다. 그래도 아이돌 덕질도 스무 해를 훌쩍 넘겼다. 내일모레면 마흔인데 20년 이상 덕질했으니 인생 절반 넘게 아이돌 팬으로 살았다. 김동완의 발언으로 포문을 열었으니 당연한데, 나는 그의 팬이다.

　신화는 1998년, SM 엔터테인먼트에서 데뷔한 6인조 남자 아이돌로, 글을 쓰는 시점 기준으로 해체하거나 멤버를 교체한 적이 없는 최장수 아이돌이다. 요즘 핫한 아이돌과 비교하면 인기는 없다. 전성기는 이미 오래전이다. 그래도 오래 활동했으니 그럭저럭 인지도는 있는 편이다. 데뷔하고 조금 지나서부터 좋아했으니 징글징글한 인연이다. 20년 넘게 덕질하는 동안 한결같은 마음으로 좋아하진 않았다. 그룹 행보가 마음에 안 차고 멤버에게 서운한 적도 한두 번이 아니어서 탈덕하고 싶다는 생각도 수없이 했다. 이런저런 사건을 겪으면 정나미가 뚝뚝 떨어졌다. 더 떨어질 정이 남았다는 것이 신기할 정도로 떨어지고 또 떨어졌다. 심지어 같은 팬들 때문에도 정이 떨어졌다. 그런데도 여전히 파고 있으니, 신화가 아니라 내 무덤을 파는 기분이다.

신화 팬이라고 주장하지만, 정확히는 김동완을 좋아하기 때문에 이렇게 말한다. 김동완이 없었으면 일찌감치 작별했을 것이다. 솔로 가수인 그, 드라마와 영화배우인 그, 연극과 뮤지컬 배우인 그, MC인 그는 물론이고, 신화의 멤버인 이상 신화 속의 그도 눈에 담고 싶다. 이 마음이 지속하는 한 내 인생에 김동완 탈덕은 불가능하다. 진담 반 농담 반으로 하는 말인데, 그보다 1초라도 늦게 죽는 것이 소원이다. 연예인으로 활동하는 모든 순간을 보고 듣고 느낀 뒤에 죽고 싶다. 단 한순간이라도 못 본다고 상상하면 속이 뭉그러진다. 내가 생각해도 약간 변태 같은 소원이다. 역시 이런 욕망에는 팬 같은 귀엽고 바슬바슬한 말보다는 덕후의 끈적거리는 어감이 잘 어울린다.

단발머리 고등학생 시절에 그를 처음 봤다. 그때는 같은 소속사에서 먼저 데뷔한 H.O.T.와 S.E.S.의 팬이었다. 후배 그룹인 신화에 품은 감정은 반쯤 의리였다. 같은 소속사라니까 관심 있는 딱 그 정도. 그런데 신화가 2집 「T.O.P.」로 나오면서 모든 게 달라졌다. 습관처럼 틀어놓은 음방(음악방송)의 컴백 무대를 감흥 없이 보던 내 눈이 한곳에 쏠렸다. 새까만 머리에 새하얀 블리치 한 가닥을 달고, 소위 '별박눈'이라 불리는 반짝이는 눈동자를 빛내며 통 넓은 바지를 입고 팔랑팔랑 춤을 추는 김동완에게. 그는 순식간에 내 눈을 사로잡았다. 아니, 사로잡았다는 표현은 약하다. 텔레비전 속의 그는 곱고 예쁜 얼굴로 내 멱살을 휘어잡고 뒤통수를 세게 후려쳤다. 잔잔했던 내 마음에 곱디고운 발로 우당탕 뛰어들어 파도를 일으켰다.

어려서부터 꾸준히 외모 지상주의인 내게 소위 리즈 시절(외모나 인기 따위가 절정인 전성기)이라고 칭해지는 당시 미모는 치사량에 가까운 독이었다. 물론 내 눈에는 지금 모습이 더 아름답다. 그의 리즈는 바로 지금 이 순간, 오늘이다! 아무튼, 사랑에 빠지는 것은 순식간이었다. 이후 20년 넘는 세월을 잔잔하면서도 뜨겁게 불타오를 사랑에.

'T.O.P.'의 후속곡 'Yo!'에서 그는 새하얀 귀신 분장을 하고 나타났다. 소속사 사장이 일본 비주얼 밴드에 심취해서 그랬다나 뭐라나. 하얀 분장만 지우면 아래에는 뽀얀 얼굴이 있으니 이때는 괜찮았다. 문제는 다음 앨범 「Only One」인데, 갑자기 옷을 벗어젖히고 울룩불룩한 근육을 자랑하지 뭔가. 몇 배로 불어난 팔뚝과 몸. 그 모습을 보고 너무 놀라 곡기를 끊고 시름시름 앓았다……고 하면 과장인데, 그래도 주먹으로 얻어맞은 기분이었다. 마르고 예쁘장한 것을 좋아하던 소녀에게 우락부락 튀어나온 근육은 그냥 덩어리로 보였다. 그의 변화는 감당할 수 없는 배신이었다. 그렇다고 배신감에 떨며 탈덕했느냐! 그건 아니고, 신화의 다른 멤버로 갈아탔다.

그러면서도 그가 나오는 예능을 챙겨 보았고, 직접 작사 작곡한 노래를 아꼈다. 아직 어린 티가 나는 음색도 좋았고, 노래를 자기 색으로 풀어가는 방식도 좋았다. 그때는 김동완을 좋아한다고 하면 또래 친구들이 "어우, 뭐야! 아저씨를 왜 좋아해!" 하는 분위기가 있어서 몸을 사렸던 것 같다. 지금 그 시절 모습을 보면 타고난 미모 어디 안 갔는데 말이다. 아저씨는 무슨 아저씨, 풋풋하니 청량감 넘치더라.

3집 이후 **오랫동안 좋아하면서도 좋아한다는 말을 못 하고 살았다. 그 세월이 아깝다. 좋아한다고 말할 시간도 부족한데 많은 시간을 낭비했다.** 외모에 반했고 외모에 상처받았으나, 결국 돌고 돌아 다시 그랬다. 내 시선은 자연스럽게 그를 찾았다. 거창하게 입덕하고서 무의미하게 긴 입덕 부정기를 몇 년이나 겪은 셈이다. 그래도 이미 흘러간 시간은 되돌릴 수 없으니 아쉬워해도 소용없다. 후회하고 아쉬워할 시간에 좋아한다고 더 열심히 외치고 싶다. 이 마음이 나의 든든한 버팀목이다.

하다 보니

열심히 살고 싶어졌다

나는 수년간 무늬만 신화창조(신화 공식 팬클럽. 상징색이 주황색이라 별칭으로 주황 공주, 오렌지 프린세스, 오렌지, 귤 등이 있다. 줄여서 '신창'이다)였다. 신화를 오래 좋아하고 응원했으면서 팬클럽에 가입하거나 콘서트에 가지 않았다. 음방도 안 갔다. 음방은 '방송'이니까 집에서 편하게 보라고 해주는 거 아닌가. 사인회도 당연히 안 갔다. 열정적인 팬이라면 대부분 자발적으로 하고 싶어질 일을 자발적으로 안 했다. 그래서 어디 가서 팬이라고 하면 안 될 것 같았다. 신화를 좋아해도 마음 지분은 김동완이 대부분이니 올팬(멤버를 다 좋아하는 팬)이라고 하기 어렵다는 점도 켕겼다. 지금이야 내 덕질 편한 대로 하겠다는데 뭔 상관인가 싶어서 신경 안 쓴다.

예전에는 사생팬이 많았다. 아이돌의 일거수일투족을 보려고 쫓아다니는 팬들, 아이돌 숙소 앞에는 으레 이런 팬들이 진을 쳤다. 학창 시절에 알음알음 알고 지낸 팬 중에도 좋아하는 아이돌의 숙소에 찾아가던 친구가 있었다. 가난한 학생 신분으로 어떻게 사생팬을 했느냐고? 독서실에 다닌다고 거짓말해 자금을 모은 뒤 숙소에 가서 기다리다가 연예인이 외출하면 택시를 타고 쫓아다녔다나? 물론 돈 많은 금수저들도 있었겠지. 팬이라고 용인해줄 수 없는 범죄라는 인식이 생긴 지 오래인 지금도 집

앞에 죽치고 있거나 침입하는 스토커가 있어서 문제인데, 1세대 아이돌이 활동할 시기에는 그런 개념도 없었다. 좋아하는 사람을 단 1초라도 좋으니 가까이에서 보고 싶은 마음은 이해하나, 당하는 사람은 불편했을 것이다. 여자 팬이 남자 아이돌을 쫓아다녀도 무서울 텐데, 남자 팬이 여자 아이돌을 쫓아다니면 얼마나 무서웠을까.

친구가 같이 가자고 한 적이 몇 번 있는데, 우리 집은 분위기상 밤에 돌아다닐 수 없거니와 고생 좀 하면 합법적으로 실물을 보는 음방에도 안 가는 귀차니스트가 숙소에 갈 리가 없다. 시간이 맞으면 음방이나 예능을 봤고 1위 후보에 오르면 ARS 투표를 했고 앨범이 나오면 샀다. 딱 여기까지가 내가 하는 팬 활동이었다. 방에서 벗어나지 않는 방구석 라이트 팬의 방구석 덕질이다. 진짜 주황 공주가 된 것은 신화 10집 다음이었으니 2012년 이후다. 1999년부터 좋아했는데 십수 년 세월이 지나서야 진정한 팬이라는 지위를 손에 넣었다.

내 안에 어떤 기준이 있어서 그 선을 넘고 싶지 않았다. 지금도 명언이라고 회자하는 "신화는 여러분의 인생을 책임지지 않습니다."라는 김동완의 말에 영향을 받아 내 인생을 내가 책임지느라 뒤늦게 팬이 된 것은 아니다. 저 말도 팬클럽 창단식 혹은 첫 콘서트에서 했던 말이니까 직접 듣지도 않았다. 아이돌을 좋아하는 것은 괜찮지만 어디까지나 환상이니 내 현실과 구분하고 싶었다. 내 삶은 내 삶이고 그들의 삶은 그들의 삶이다. 집에서 얼마든지 덕질하되 외부에 나가서 하지는 말자고 선을 그었다. 한마디로 말하면 깔끔이나 떠는 깍쟁이였다. 그런 내가 처음으로 신화의 콘서트를 보러 간 것은 주황 공주가 된 시기와 겹친다. 2012년, 신화 멤버들이 군백기(멤버들의 입대로 인한 공백기)를 마치고 약 4년 만에 10집 「THE RETURN」으로 컴백한 후였다.

　　2010년에 워킹홀리데이('워홀'로 지칭) 비자를 받아서 도쿄에서 살다 왔다. 20대 후반이었다. 잠깐이라도 일본에서 살아보고 싶어서 늦은 나이에 '워홀러'가 됐다. 당시 나는 절박했다. 번역가가 되고 싶어서 번역 아카데미에 다녔지만, 동기들은 능력치가 출중한데 나만 허접한 것 같았다. 아카데미의 선배 덕분에 번역 에이전시와 함께 첫 일을 시작했다. 그러나 막상 번역을 해보니 이딴 실력으로 무슨 번역가가 되겠다고 헛꿈을 꿨나 싶어 자괴감에 빠졌다. 좌절감의 가장 큰 원인은 안 좋은 쪽으로 생각하는 습관인데 지금이니까 이렇게 생각할 수 있지, 그때는 외부에서 이유를 찾으려 했다. 그렇게 찾은 이유가 일본어를 전문적으로 배우지 않아서 무능력하다는 핑계였다.

유학을 가기에는 돈도 없고 시간도 없었다. 최소한 살아보기라도 하자는 생각으로 워홀을 이용했다. 1년 반 정도 일본에서 사는 동안, 생계를 위해 열심히 아르바이트를 했고 연애도 했다. 그러나 달라진 것은 없었다. 바깥 물을 먹어서 '파워 긍정러'가 되는 획기적인 변화는 없었다. 가기 전에도 다녀온 후에도 삶에 볕 들 날이 올 것 같지 않았다. 에이전시를 통해 가끔 일을 받긴 했다. 그러나 번역가인 나를 찾아주는 출판사는 없었다.

워홀 전후로 몇 년간 정처 없이 방황했다. 돈이 없어서 힘들었고, 할 일이 없으니까 자존감이 바닥났다. 매일 살아 있기만 해도 자존감이 깎여나갔다. 무능력한 인생 낙오자라는 생각에 빠져 허무함을 벗 삼아 지냈다. 당시 기억은 약간 흐릿하다. 얇은 장막 너머로 언뜻언뜻 엿보는 기분이다. 우울증 초기 단계였을지도 모르겠다. 번역가로 살아남고 싶은데 길이 안 보여서 괴로웠고, 가난한 집안 살림에 보탬 안 되는 딸이어서 슬펐고, 좋은 직장에서 썩 괜찮은 연봉을 받는 오빠가 부러웠고, 어엿한 사회인이 되어 돈을 버는 친구들에게 자격지심을 느꼈다.

내 인생이 벅차다 보니 눈에 안 보이는 신화에도 자연히 관심이 식었다. 열렬하진 않아도 자작자작 타던 불씨가 거의 사그라졌다. 모든 것에 시큰둥했던 탓에 신화가 컴백 콘서트를 열었다는 소식도 다 끝나고 알았다. 이 콘서트 때 멤버 중 한 명이 다쳤다. 포털사이트에 관련 기사가 우수수 뜬 바람에 소식을 접했다. 놀라서 접속한 팬 사이트는 눈물바다였다.

　　나도 감정이 오락가락하던 시기여서 팬들의 감정에 고스란히 휩쓸렸고, 팬들의 글을 하나하나 읽다 보니 꺼진 줄 알았던 불씨가 차츰 살아나기 시작했다. 눈물 어린 콘서트 소식과 함께 신화 덕질을 다시 붙잡았다. 안으로만 파고들던 마음을 외부로 표출할 대상을 찾은 것이다. 번역 일감은 내가 원한다고 들어오지 않지만 덕질은 원할 때 원하는 만큼 할 수 있다. 영상을 보고 싶으면 영상을 보고, 사진을 보고 싶으면 사진을 보면 되니까.

　　관련 기사를 보고 영상을 보고 노래를 듣자, 무미건조했던 삶에 윤기가 흐르기 시작했다. 오랜만에 맛보는 활력은 기름졌다. 달콤한 덕질을 동아줄로 여기고 필사적으로 매달렸다. 서울 콘서트는 끝났으니 일본 콘서트에라도 가야겠다고 결심했다. 여비를 댈 테니 놀러 오라던 당시 남친에게 부탁해 요코하마에서 열린 콘서트에 갔다. 지금은 전 남친이 된 당시 남친은 신화의 이름도 모르고 노래도 모르고 한국어도 못한다. 알 게 뭐람, 내 덕질이 중요하다. 남친을 보릿자루처럼 방치하고, 나는 타이틀곡 응원법을 외치며 머리 풀고 놀았다. 일본 팬들은 콘서트를 얌전하게 보는 편인데, 마침 근처에 한국 팬이 있어서 경쟁하듯이 꺅꺅 소리를 질렀다.

CD나 텔레비전을 통해서가 아니라 내 귀로 현장에서 듣는 신화의 라이브는 최고였다. 그들의 노랫소리 하나, 춤동작 하나, 숨소리 하나, 땀방울 하나까지 소중했다. 일어를 할 줄 아는 김동완은 팬들에게 일어로 말을 걸었다. 마이크 소리가 울려서 정확하게 들리진 않았지만, 그의 말에 팬들이 까르르 웃는 것을 보니 괜히 뿌듯했다. 노래할 때 그렇듯이 말할 때도 맑고 높은 미성이 내 귀를 어루만졌다. 원래 노래를 잘하는 사람인 줄 알면서도 콘서트 내내 새삼스럽게 감탄했다.

무엇보다 실물로 본 그는 미를 표현하는 어떤 단어를 끌어와도 묘사하지 못할 정도로 아름다웠다. 그곳만 공기 밀도가 다른지 후광이 비치는 것 같았고, 빛 알갱이를 전신에 뿌린 것처럼 반짝반짝해 보였다. 무슨 말도 안 되는 소리인가 싶겠지만 내 눈에는 그렇게 보였다. 지금 생각하면 당시 스타일은 안 예뻤다. 아니, 진짜 별로였다. 그런데도 나는 두툼한 콩깍지를 자발적으로 꼈다. 나이를 먹을수록 더 아름답게 영그는 그는 나를 숨 막히게 한다.

이 콩깍지가 벗겨질 날이 있을까?

첫 콘서트를 보고 실물이 주는 매력을 깨닫자 목표가 생겼다. **한 달에 40만 원을 벌면 많이 버는 가난한 프리랜서였지만, 좋아하는 일을 해서 번 돈으로 그를 보러 가고 싶었다. '내 덕질을 내 돈으로 남 눈치 보지 말고 하자. 밖으로 나가자!' 목표가 생기자 자격지심에 빠져 허우적거리던 때와 많은 것이 달라졌다.**

신기하게도 방구석 덕질에서 벗어난 시기와 출판사와 일하기 시작한 시기가 살짝쿵 겹친다. 영원히 제자리걸음일 것 같았던 번역가로서 경력이 적극적으로 덕질하려고 마음먹자 트였다. 본격 덕질로 야금야금 까먹던 통장에도 새로 수입이 들어오기 시작했다. 덕질의 신이 나를 긍휼히 여겨 좋아하는 사람을 보러 가라고 등을 떠밀어주었나? 내 마음이 밝게 변한 덕분일 것이다. 마음가짐이 달라진 계기가 바로 김동완이었다. 네 인생을 책임지지 않는다고 단호하게 말하던 그가 내 인생을 좋은 쪽으로 이끌어주었다. 이때 알았다. 덕질은 인생을 열심히 살게 해주는 원동력이다.

피케팅 전쟁이 만들어준

오작교

서울에서 30년 가까이 살다가 지금은 경기도에서 산다. 나야 인터넷과 노트북만 있으면 그만이라 어디나 상관없다. 지금 사는 집은 바로 앞에 대형마트가 있어서 편하다. 서울에서 경기도로 이사 오면서 아쉬웠던 점도 당연히 있다. 첫 번째가 대부분 서울에 몰린 공연장에서 멀어진다는 것이고, 두 번째는 동네 친구가 없다는 것이다.

아는 사람 하나 없이 시작한 경기도 생활이지만, 나이 먹을 대로 먹은 어른은 동네에 놀 사람이 없어도 괜찮다. 대화 상대가 필요하면 가족을 귀찮게 하면 된다. 서울에 살 적에도 집순이였다. 그래도 가끔은 친구를 만나 수다 떨고 싶을 때가 있다. '인싸'는 절대 아니어서 친구가 많진 않으나, 매일 카카오톡으로 대화를 나누는 고교 시절 친구들이 있다. 콘서트 티케팅을 서로 품앗이하는 소중한 용병이다. 물론 친구들과 카톡 수다도 즐겁다. 실제 대화와 달리 대답하기 귀찮거나 바쁘면 천천히 확인해도 되니까 내 리듬으로 참여할 수 있다.

그래도 얼굴 맞대고 웃으며 고기 구워 먹고 후식으로 볶음밥 먹고 진짜 후식으로 케이크에 아이스 아메리카노 한 사발 때리는 수다와 카톡 수다는 만족감이 다르다. 번역 의뢰가 들어와서 기쁠 때, 기다리던 번역비가 들어와 신날 때, 일은 없고 통장 잔액은 뚝뚝 떨어져서 괴로울 때.

그때그때 감정을 털어놓고 싶은데, 훌쩍 나가서 만날 동네 친구가 없으니 답답했다. 친구 없는 외로움이 가끔은 나를 사무치게 했다. 그러던 어느 날, 동네 친구가 생겼다. 김동완 덕분에.

때는 2015년 말, 「첫 번째 외박」이라는 타이틀의 개인 콘서트가 열렸다. 이후 2017년에 두 번째 외박콘, 2019년에 세 번째 외박콘으로 이어졌다. 첫 번째 외박콘은 매주 서너 번씩 총 10회 진행됐고, 공연장은 합정역 근처였다. 경기도 남부에서 합정은 멀기도 먼데, 더 큰 문제가 있었다. 전체 좌석이 300석도 안 되는 소극장이었던 것. 김동완이 아무리 요즘 핫한 아이돌이 아니라지만 300석을 대체 누구 코에 붙이나. 총 10회나 하고 평일에는 회사에 휴가를 내기 어렵거나 집이 멀면 오기 어려우니 분산될 거라 생각하기 쉽지만, 아니다. 그런 요행수는 최소 500석 이상 되는 공연장이어야 기대할 수 있다. 300석도 안 되는 공연장은 콘서트를 평일에 하건 주말에 하건, 1회를 하건 10회를 하건 몰린다. 티케팅부터 스트레스다. 300석을 잡으려는 팬들과 용병들이 예매창에 동시 접속한다. 그들과 싸워 내 자리를 획득해야 한다. 적장의 목을 벨 각오로.

날짜를 선택하고 들어가 좌석을 클릭한다. 예매창 좌석은 보라색일 때가 많아서 보통 '포도알'이라고 부른다. 포도알을 잡자마자 결제창으로 넘어가면 최곤데, 대부분 다른 사람이 이미 선택한 좌석(줄여서 '이선좌'. 이미 결제한 좌석이라는 뜻의 '이결좌'도 있다)이라고 뜨면서 화면이 새로고침 된다. 포도알은 전부 사라지고 새하얀 화면만 덩그러니 나온다. 그 화면을 보면 패배자가 된 거다.

이 녹록지 않은 티케팅을 동시에 여러 회차를 해야 한다. 말 그대로 피케팅(사람이 많이 몰리거나 자리가 적어 피 터질 정도로 치열한 티케팅)이었다. 이때 얼마나 떨었던지. 다른 사람의 용병을 띈 적까지 포함해 그럭저럭 많은 티케팅을 해왔는데, 「첫 번째 외박」은 극악의 티케팅 중 하나였다. 자리를 못 잡을까 봐 떨리기도 했지만, 처음으로 가는 개인 콘서트여서 꼭 가고 싶다는 압박감도 있었다.

2013년부터 신화 콘서트에는 출근 도장 찍듯이 갔으나, 멤버 개개인의 콘서트를 보러 가는 것은 어색했다. 혼자 무대에 서서 솔로 앨범의 노래를 부르는 모습이 왠지 낯설었다. 프리랜서의 통장 사정상 개인 콘서트까지 챙기기는 버겁다는 현실적인 이유도 있다. 다행히 2015년 전후부터 조금씩 저축을 할 수 있었는데, 기다렸다는 듯이 저축을 노리고 찾아온 콘서트였다. 내 돈으로 오빠 콘서트를 보러 가다니! 기대감이 하늘을 찔렀다. 마음으로는 10회 올콘(모든 회차를 가는 것. 뮤지컬 같은 경우는 '전관'이라고 한다)을 뛰고 싶었으나, 돈보다도 티케팅 자체가 불가능하리라. 나는 용병 친구들에게 부탁해 최소 세 번, 최대 네 번을 목표로 세웠다. 티케팅 결과는? 티케팅 오픈 날과 이틀 후 새벽에 미입금표를 잡는 취케팅(취소표 티케팅)을 반복한 끝에 기쁘게도 최대 목표를 달성했다. 내 손에 들어온 자리 중 제일 좋은 자리는 1층 5열, 제일 슬픈 자리는 2층 맨 끝에서 한 줄 앞이었다. 그래도 300석 소극장이니 들어가기만 해도 이긴 거다. 무엇보다 이 콘서트 덕분에 소중한 동네 친구를 만났으니 진정한 승자가 됐다.

친구와 같은 날짜를 노리다가 두 자리를 확보했다. 당시 활동했던 김동완 개인 팬 페이지에 "○○월 ○○일 티켓 한 장 양도합니다."라는 글을 올렸다. 제일 먼저 댓글을 단 사람에게 양도했는데, 배송지 정보를 바꾸려고 주소를 물었더니 같은 구에 살고 있지 뭔가. '아니, 이 동네에 김동완 팬이 산다고? 게다가 그 사람이 이용자도 없는 개인 팬 페이지 가입자이고, 내 양도 글에 1등으로 댓글을 달았다고? 이런 우연이 있다니, 이건 만나라는 신의 계시다, 안 만나면 벌 받는다.' 호들갑을 떨며 의미를 부여한 나는 만나서 놀자고 졸랐다. 같은 날 콘서트에 가니까, 합정까지 갔다가 돌아오는 멀고 험한 길에 동반자가 있으면 좋겠다고 생각했다.

김동완과 동갑인 언니였다. 간단히 A 언니라고 하자. A 언니는 JTBC에서 했던 신화의 예능 프로그램 「신화방송」('신방'으로 지칭)을 보고 김동완에게 관심이 생겼다고 했다. 이후 KBS에서 방영했던 김동완 주연 드라마 「힘을 내요 미스터 김」('미스터 김'으로 지칭)도 봤고, 그가 했던 뮤지컬 「헤드윅」과 「벽을 뚫는 남자」('벽뚫남'으로 지칭)도 보러 갔으며 개인 팬미팅에도 다녀왔다고 했다. 나도 신방은 챙겨 봤고, 미스터 김도 할머니 옆에 앉아 시간 날 때마다 봤고, 「헤드윅」과 벽뚫남도 관극했다. 다만 개인 팬미팅은 민망해서 안 갔다. 내가 안 간 팬미팅에 다녀왔다니 뭔가 진 기분이 들었는데, 한편으로는 다른 사람이 하는 덕질 이야기와 찬양을 들어서 즐거웠다.

주변에 김동완 팬이 없었다. 앤디와 에릭을 좋아하던 친구가 있었지만(지금은 탈덕함) 내 오빠에는 무관심한 친구에게 일방적으로 사랑을 떠벌리는 것도 한두 번이다. 열 번 하고 싶으면 여덟 번쯤 참으며 살았는데, A 언니와는 얼마든지 수다를 떨 수 있었다. 나 말고도 오빠를 최고 미인이라고 생각하는 사람을 만나서 행복했다.

A 언니와는 여전히 친하다. 집안 사정이나 고민도 털어놓는 사이가 됐다. 뮤지컬이나 콘서트 티케팅을 할 때면 언니의 자리도 확보하려고 노력하고, 보고 싶은 영화

가 있으면 같이 볼지 물어본다. 공연 보러 가는 날이 겹치면 길동무를 한다. 공연 날이 아니어도 종종 동네 맛집 탐방을 한다. 언니는 고맙게도 내가 번역한 책이 나오면 가끔 사준다. 번역비는 인세 계약이 아닌 이상 원고 매수로 계산하므로 책을 사도 돌아오는 콩고물은 없다. 백만 부쯤 팔리면 도의상 콩고물을 주려나? 그만큼 팔리면 바랄 게 없겠다. 직접 이익은 없어도 내 이름이 찍힌 책이 한 권이라도 더 팔려서 출판사가 돈을 벌면 좋겠다고 바라기에 ―그래서 내게 또 번역을 맡기기를 바라기에― 정말 고맙다.

티켓을 두 장 확보하지 못했다면, 양도 글을 올리지 않았다면 언니와 만나지 못했을 것이다. 피케팅을 뚫고 티켓을 얻었고, '귀차니즘'을 이기고 양도 글을 올렸고, 마침 같은 시간에 팬 페이지에 접속했다. 우연이 겹쳐서 덕질을 같이할 팬이자 든든한 친구를 얻었다. 나이, 출신, 직업, 성격부터 결혼 여부까지 다른 우리는 접점이 전혀 없다. 덕질이라는 유일한 공통분모만이 우리를 맺어주었다. 김동완은 우리의 오작교다.

고마워요,

에드거 앨런 포!

신화에 재입덕 아닌 재입덕을 했다고 앞날에 축복과 행복만 가득하진 않았다. 덕질은 덕질이고 현실은 현실이니 이리저리 더듬으며 어정어정 살아가는 인생은 여전했다. 그래도 마음은 밝아졌고 그에 응하듯이 일도 잘 풀릴 기미를 보였다. 신화도 컴백 후 몇 년간은 성과가 좋아서 덕생도 흡족했다. 이후 그들에게 이런저런 일이 생겼으나 그야 본인들이 감당할 일이지 내 알 바는 아니다. 순조롭던 내 덕질 인생이 더 긍정적으로 바뀐 시점은 2016년 여름이었다. 그해 여름은 집순이답지 않게 일주일에 몇 차례씩 서울을 오가며 땀방울을 뿌렸다. 이때부터 내 덕질에서 김동완이 차지하는 비중이 훨씬 커졌다. 안 그래도 컸던 비중이 감당하지 못할 정도로 넘치고 부풀었다.

이때 그는 광림아트센터 BBCH홀에서 올라온 「에드거 앨런 포」('포우'로 지칭)라는 뮤지컬에서 타이틀 롤인 에드거 앨런 포 역으로 열연했다. 소설 『모르그 가의 살인 사건』과 『검은 고양이』, 시 「애너벨 리」 등으로 유명한 에드거 앨런 포의 일대기를 담은 뮤지컬이다. 그의 뮤지컬은 이전에도 몇 번 본 적 있다. 벽뚫남은 친구와 한 번, 「헤드윅」은 10주년 공연 때만 세 번 봤다. 「헤드윅」을 처음했을 때는 못 봐서 막연하게 인연이 아닌 모양이다 하던 차에 10주년 공연이 올라왔다. 타이밍이 좋으니 한번 봐

주겠다는 약간 시혜적인 태도로 티켓을 잡았다. 그때만 해도 「헤드윅」에 대해 아는 건 트렌스젠더의 이야기라는 것 정도였다. 이 영화를 좋아한 학창 시절 친구가 노래방에서 종종 OST를 불러서 노래는 익숙했다. 딱 이 정도 지식만 갖고 백암아트홀 공연장에 갔다.

공연이 시작한 후에도 기대 없이 '와, 화려하게 꾸민 오빠 예쁘네.' 하는 생각에만 잠겨 있었다. 그러다가 뎅드윅(김동완의 별명이 '뎅'이어서 배역 이름 헤드윅 앞에 뎅을 붙인다)이 「헤드윅」의 대표곡이라 할 수 있는 'Origin of Love'를 부르기 시작했다. 읊조리듯 잔잔하게 "아주 오랜 옛날 구름은 불을 뿜고 하늘 너머 높이 솟은 산~" 하고 노래하는데, 갑자기 눈가에 열이 확 올랐다. 이게 뭐지? 어리둥절한 사이 노래는 진행되어 담담하던 음색이 힘차게 터지는 순간, 나는 왈칵 울음을 터트렸다. 벼락이 내리쳐 붙은 몸이 잘린 해님 달님 땅님 아이들. 피투성이 얼굴로 서로를 보는 아이들. 사랑의 기원을 들으며 나는 울었다. 왜 우는지 이해하지도 못한 채 눈물이 줄줄 흘렀고, 나오면서 당연한 듯 공연을 또 예매했다. 그렇게 총 세 번을 봤다. 뮤덕(뮤지컬 덕후)에게 세 번은 고작인 숫자겠지만, 내게는 "같은 극을 세 번이나 보다니 미쳤나 봐!" 하고 친구에게 농담할 정도로 특이한 일이었다.

포우도 서너 번쯤 볼 줄 알았는데, 에드거 앨런 포를 연기하는 김동완(뎅포)을 본 순간 뎅드윅을 넘어서는 충격이 허리케인으로 몰려왔다. 첫공(첫 공연)을 보기 전부터 내 손에는 티켓이 세 장 있었다. 포우 스폿 영상이 떴을 때, 진한 메이크업을 하고 성질을 부리며 책상 위 종이를 헤집는 김동완을 보고 눈이 번뜩 뜨였기 때문이다. 건실한 인상과 순한 생김새 탓인지 순박하고 선한 역할을 주로 맡아온 그가 보여준 날카로운 모습이었다. 진한 메이크업과 심각한 표정 덕분에 뎅포는 예민하고 기가 세 보였다.

스폿 영상이 공개된 날, 내 트위터 타임라인은 김동완 팬(보통 뎅수라고 한다)을 비롯한 신화 팬의 뜨거운 반응으로 난리가 났다. 무대에서 그의 예민한 모습을 볼 수 있다는 기대감이 솟구쳐서 경건한 마음으로 자첫(해당 공연을 처음 보러 가는 것)에 임했다. 이때만 해도 지금 잡은 티켓만 보고 뎅막공(공연 마지막 회차. 배우 막공은 별명을 앞에 붙인다. 전체 공연의 마지막 회차는 총막, 바로 전 회차는 세미막)이나 한 번 더 볼 생각이었다. 순진했지. 첫공 이후 내 통장이 탈탈 털리리라고는 상상도 못 했다.

공연이 시작되고, 까만 가죽바지와 빨간 코트를 입고 복슬복슬 컬 들어간 머리를 한 뎅포가 통통통 뛰어 무대에 등장한 순간, 나는 생각했다. '이야, 내 인생 망했네.'

인생이 망하는 감각을 실시간으로 느꼈다. 뎅포의 비주얼도 비주얼인데, 캐릭터가 매력적이었다. 스폿 영상과 달리 뎅포는 깐족거리고 얄미운 면이 있으나 귀엽고 여려서 보호해주고 싶은 캐릭터였다. "엄마, 엄마!" 하고 울먹이며 뎅포가 죽어갈 때는 있지도 않은 아들을 보는 것 같아서 가슴이 아팠다. 록 기반인 넘버들도 좋았고, 맑게 울리는 뎅포의 음색은 언제나 사랑하는 그것이었다.

그 결과, 티켓은 한도 끝도 없이 늘어났다. 뎅포 회차뿐 아니라 함께 포우 역을 맡은 다른 배우의 공연도 봤다. 포우가 트리플 캐스팅, 상대 역인 그리스월드도 트리플, 포우의 연인인 엘마이라, 사촌이자 아내인 버지니아와 포우의 엄마는 더블 캐스팅이었다. 포우 배우 중 한 명이 차기작 스케줄로 일찍 막공을 해서 전체 조합을 보진 못했으나, 모든 배우를 최소 한 번씩은 챙겨 봤다. 뎅포만 열여덟 번, 다른 두 포우를 합쳐서 다섯 번, 총 스물세 번의 관극을 했다. 거의 전관한 뮤덕도 있을 테니 스물세 번은 대단치 않은 숫자인데, 내게는 충격적인 숫자다.

앞자리만 고집하지 않아 2층도 갔고 할인도 적극 활용해서 통장에 난 구멍이 그렇게 크진 않을 것이다. 사실 무서워서 계산 안 해봤다. 티켓북에 보관해둔 티켓에 가격이 적혀 있으니 계산하려면 할 수 있지만, 내 마음의 안정과 평화를 위해서 계산하지 않겠다. 대충 150만 원은 썼겠지, 뭐. 세상에는 그 정도쯤 아프지도 가렵지도 않은 사람도 많겠지만 내게는 몇 달 용돈이다. 그걸 여름 한 철 덕질에 쏟아부었다. 후회하냐고? 한다. 좀 더 분발해서 서른 번은 봤어야 했다고. 몇 년이 지난 지금도 포우를 보러 다니던 그해 여름을 떠올리면 입술이 실룩인다. 저절로 행복해진다.

극 자체는 수작이라고 하기 어려웠다. 에드거 앨런 포의 생애 중 주요 장면을 끊어서 보여주는 극이라서 짜깁기 같았다. 뮤지컬로 만들 만큼 박진감 넘치는 인생도 아니었다. 하지만 극본에 빈 부분이 많았던 덕분에 오히려 배우들의 연기와 캐릭터 분석이 빛을 발했다. 그에 매력을 느껴 회전문을 도는 덕후들이 생겼다. 다만 이후 제작사의 이런저런 사정이 얽혀서 지금은 좋아하면서도 마음 무거운 극이 됐다. 볼 수 있었을 때 더 볼 걸 그랬다. 역시 서른 번은 봤어야 했는데.

나는 겁이 많아서 과감한 시도를 못 한다. 여행도 말이 통하는 일본 아니고서는 혼자 갈 생각을 못 하고 국내 여행도 두렵다. 영화나 혼밥은 괜찮은데 그 이상의 무언가를 혼자 한다는 것에 겁을 먹는다. 그런 내가 포우 이후로 혼자 뮤지컬 공연을 보러 다니기 시작했다. 그전에는

1년에 한 번 큰맘 먹고 대극장 뮤지컬을 보는 게 전부였는데, 대학로 공연장이라는 새로운 세계에 발을 들였다. 대학로에는 연극만 올라오는 줄 알았는데!

　　김동완이 아니었다면 대학로에 공연장이 그렇게 많은 줄 몰랐을 테고, 대극장 뮤지컬이 다라고 생각했을 것이다. 덕분에 낯선 분야를 접했고, 공연을 혼자 보러 가는 것도 아무렇지 않아졌다. 원래 공연은 혼자 보는 것 아닌가. 이렇게 내 세상이 조금 넓어졌다. 지금도 새로운 시도에는 겁부터 먹지만, 시도하게끔 하는 자극제만 있어준다면 거북이 걸음으로라도 가고 싶다. 아장아장 걷는 범위가 넓어지면 몇 년 후에는 새로운 세상에 선 내가 있을 것이다. 두려우면서도 기대된다.

덕질하다 덕친,

덕친에서 절친

나의 뮤덕 흉내는 오래가지 못했다. 끽해야 반년이었다. 가장 큰 이유는 돈이다. 대학로에서 올리는 뮤지컬은 세종문화회관이나 샤롯데시어터 같은 대극장 뮤지컬보다 상대적으로 저렴했다. 이런저런 할인도 많아서 제값 주고 보는 경우는 거의 없다. 그러다 보니 이 정도 가격이라면 괜찮다고 한 장 두 장 흔쾌히 결제하다가 엄청난 돈을 뮤지컬에 쏟아부었다. 이때는 내가 좀 붕 떠 있었다.

트위터에서 보는 연뮤덕(연극 뮤지컬 덕후)들은 일주일에 몇 번씩 공연을 보러 다녔다. 동방신기 출신의 김준수를 좋아해서 한때 뮤지컬에 열심히 돈을 쓴 친한 친구도 있다. 그런 모습을 일상적으로 접하니 나도 그래야 할 것 같다는 강박관념이 들었다. 한 달에 2~30만 원 정도도 취미에 못 쓰나 하는 허영심도 있었다. 안 될 건 없다. 뮤지컬 하나에만 집중하고 다른 부분에서 허리를 조였다면. 그게 아니었으니까 문제였다.

책을 좋아하니 책을 산다. 특히 읽는 것보다 사서 쌓아두기를 좋아한다. 뜨개도 취미여서 실도 산다. 손도 느리고 실력도 없으면서 예쁜 실만 보면 이성을 잃는다. 먹으려고 사는 인간이어서 열심히도 먹는다. 이러니 돈이 아주 술술 빠져나갔다. 몇 달이 지나자, 내게 남은 것은 텅빈 통장과 지친 몸뚱이였다. 일주일에 두세 번씩 대학로에 다녀오는 일정을 저질 체력은 감당할 수 없었다.

뮤지컬이 싫지는 않다. 블라인드 테스트하듯이 무작위로 공연을 봐도 재미있게 볼 것이다. 그저 경제적으로 육체적으로 버거웠고, 정신적으로 의지할 대상을 찾지 못했다. 뮤지컬이라는 분야 자체를 덕질하는 사람도 있고 배우를 덕질하는 사람도 있고 스토리나 넘버를 덕질하는 사람도 있고 음향이나 조명 같은 요소를 덕질하는 사람도 있다. 나는 각별히 흥미를 느낄 요소를 못 찾았다. 보러 가면 눈물 콧물 짜면서 울고 오긴 하는데, 푹 빠져들어 덕질할 매력은 못 느꼈다. 캐릭터에 잘 반하는 편이니까 배우에 꽂혔다면 꾸준히 공연을 보러 다녔을 것이다. 뮤지컬이나 연극 쪽에서는 최애를 '본진'이라고 부르는데, 몇 달간 본진을 못 만났다. 몇 달에 불과한 덕질이어서 입덕했다고 하기에도 부끄럽다. 얕아도 길게 가는 내 덕질 성향에 비춰보면 번갯불에 콩 볶아 먹는 속도보다도 빠른 입덕과 탈덕이었다.

그래도 김동완의 뮤지컬과 연극 여정은 꾸준히 따라다닌다. 이쪽에서도 본진인 셈이다. 그는 2017년 여름부터 가을에 걸쳐 역삼역 근처 LG아트센터에서 올라온 뮤지컬 「시라노」에 참여했다. 2018년부터 2019년 겨울에는 대학로 홍익대 아트센터에서 올라온 뮤지컬 「젠틀맨스 가

이드」, 2020년 5월에는 대학로 아트원시어터에서 올라온 연극 「렁스」, 2020년 11월에는 다시 홍익대 아트센터에서 올라온 「젠틀맨스 가이드」 재연에 참여하며 활동을 이어가고 있다. 그러면서 솔로 앨범도 내고 솔로 콘서트도 하고 신화 활동도 하면서 꾸준히 추억을 만들어준다. 내 인생 한 페이지 한 페이지에 주황색 포스트잇이 붙어 있다. 이처럼 내 인생에 화려한 순간을 만들어준 사람인데, 그 덕분에 또 한 명의 인생 친구를 만났다.

때는 2017년, 「시라노」 공연을 앞두고 신화의 19주년 기념 「MOVE」 콘서트가 있었다. 그 전에 리더가 결혼했다. 아이돌이라고 결혼하면 안 될 이유는 없으나 결혼 발표와 결혼식을 겪으면 팬덤은 어떤 식으로든 술렁인다. 모두가 유사 연애하듯 좋아하진 않겠지만, 결혼 같은 특수한 이벤트가 생기면 기분이 묘하다. 동경하던 세계가 갑자기 흔한 현실이 된 기분이라고 해야 할까? 나야 결혼하거나 말거나 상관없었다. 당시 무릎 부상으로 절뚝거리며 뮤지컬과 콘서트 연습을 병행하던 김동완이 보고 싶을 뿐이었다.

어쨌거나 당시 신화와 콘서트를 둘러싼 상황은 이래저래 시끄럽고 복잡했다. 콘서트 공지가 뜰 때마다 속상해하는 팬들이 늘어나는 분위기였다. 바로 그 시기에 서로 트위터를 팔로우했으나 말 한마디 나눠본 적 없는 트친(트위터 친구)이 내게 뭔가 물어보려고 말을 걸었다. 이 사람이 나의 새로운 인생 친구다.

나는 인터넷상에서 다른 사람에게 말을 잘 못 건다. 한두 번 오가는 짧은 대화는 가능한데 조금만 길어지면 고민한다. '내가 이렇게 말했다가 불쾌해하면 어쩌지?', '나 따위가 지금 말을 걸어도 되려나?' 물음표를 띄우다가 결국 대화를 포기한다. 파티 플레이가 필수인 온라인 게임은 꿈도 못 꾼다. 현실에서도 비슷한데, 낯을 좀 이상한 방향으로 가린다. 분위기가 어색하면 뭔가 해야 한다는 강박관념에 안 해도 되는 말까지 주섬주섬 늘어놓고 집에 와서 베개를 후려친다.

이런 성격이다 보니 트위터에서도 누가 말을 걸면 긴장부터 하는데, 이 친구가 말을 걸었을 때는 어색하지 않았다. 이후, 서로 트위터에 답글을 달며 친분을 쌓다가 일대일 대화를 나눴다. 이때까지는 표면적인 관계였으나 이 사람이라면 불편하지 않겠다는 감이 왔다. 마침 「시라노」 공연을 보러 가는 날이 겹쳤고, 뜨개질에 취미를 붙여 코바늘 인형을 대량 생산하던 시기여서 인형을 선물할 겸 데이트 신청을 했다. 용기를 내 들이댈 수 있었던 이유는, 몇 달 전에 다른 트친과 만나 즐겁게 놀고 친해진 기억이 있었기 때문이다. 그 친구도 신화 팬이었다. 공통점이 있으면 낯가리기 일인자인 나도 교우관계를 넓힐 수 있다는 경험을 한 덕분에 거부감이 적었다.

뮤지컬 공연장에서 만난 이 사람은 나이가 나보다 두 살 많았다. 신화 팬덤에는 어린 팬들도 많지만 내 또래나 언니들도 많아서 마음이 편하다. 처음 만나서 "안녕하세요, ○○입니다.", "아, ○○님, 안녕하세요." 하고 대화를 나눌 때는 어색했다. 우리의 거리두기에 공기까지 내외하는지 호흡이 가빴다. 그래도 곧 공연을 본다는 기대감은 소소한 어색함 따위 발로 뻥 차주었다.

A 언니와 처음 만나자마자 죽이 잘 맞은 것처럼, 이 친구와도 나이나 환경이 다른 것이 무색하게 금세 가까워졌다. 이 친구는 B 님이라고 하자. B 님도 포우를 열심히 봤고, 「시라노」 회전문을 돌 예정이었다. 이후, 「시라노」를 보러 가는 날마다 B 님과 B 님의 친한 언니가 있었다. 공연장에 가면 당연히 만나는 NPC(게임 안에서 플레이어가 직접 조종할 수 없는 캐릭터) 같은 존재였다. 자주 마주치니 자연히 차도 마시고 밥도 먹으러 가게 됐다. 한 테이블에 앉아 밥을 먹으며 공연에 대한 감상을 나누고, 김동완 찬양회를 열면 10년은 만난 친구 사이 같았다.

B 님과는 지금도 끔찍하게 친하다. 코로나 전에는

자주 만났다. 그러면서도 여전히 호칭은 트위터 닉네임+님이고, 반말과 존댓말을 섞어 대화한다. 아직 알게 된 지 5년밖에 안 됐지만(햇수를 계산해보고 놀랐다. 벌써 5년이라니!) 능력만 되면 뭐든 아낌없이 주고 싶은 사람이다. 아마 B 님도 나를 그렇게 생각할 것이다.

　　자신만만한 성격은 못 되지만 이것만은 확신할 수 있다. 인터넷을 통해 알게 된 사람과 친구가 될 수 있을까? 단순히 알고 지내는 친구를 넘어 속마음까지 털어놓는 절친이 될 수 있을까? 내 대답은 '그렇다'이다. 물론 사람을 쉽게 믿으면 안 된다. 위험할 수 있고, 특히 나이 어린 여성이라면 언제 어디서 범죄에 노출될지 모른다. 다행히 나는 '신화와 김동완'이라는 공통분모가 있었기에 좋은 사람을 만날 수 있었다.

　　사람과 사람의 만남에는 언젠가 끝이 온다. 학생 때 친했던 친구도 나이를 먹은 후 감정이 엇갈리고 감당하기 어려워지자 간단히 인연이 끊겼다. 회사 생활을 하면서 단짝처럼 친했던 동료도 회사를 그만두자 관계가 흐지부지해졌다. A 언니나 B 님도, 그 밖에 트위터를 통해 인연을 맺은 사람들과도 언젠가 연락이 끊길 수 있다. 어느 날 대탈덕 시대가 찾아온다면 내가 탈덕러가 될 수도 있고, 대판 싸워 사이가 틀어질 수도 있다. 언젠가 끝날지도 모른다고 생각하면 관계를 맺기 두렵다. 그래도 **미리 이별에 겁먹어** 지금 맺는 인연에 장벽을 쌓고 싶진 않다. 언제 어디서 마음 터놓고 사귈 사람을 만날지 모르는데 마음에 빗장을 걸어둘 이유가 있나. 괴롭게 이별하는 순간이 오더라도 그 사람과 함께했던 시간은 그 자체로 의미가 있다. 되돌아갈 수 없는 소중한 일분일초이니.

내가
열심히 돈을 버는 이유

연예인은 본업을 잘하는 게 최고다. 물론 불미스러운 짓도 안 저질러야 하는데 이건 인간의 도리이니, 연예인이라면 역시 본업이다. 드라마와 영화, 연극과 뮤지컬, 방송 MC, 행사 사회자…… 연예인으로서 할 수 있는 활동이 또 뭐가 있을까. 김동완은 지금도 여러 방면에서 활발하게 활동하지만, 본업은 가수이고 아이돌이다. 팬들이 본업하는 모습을 가장 좋아하는 것을 본인도 잘 아는지, 아이돌로서 정체성을 인스타그램 등을 통해 말하곤 한다. 나도 그의 전부를 좋아하고 아끼지만, 본업을 할 때의 모습은 특히 놓칠 수 없다. 제일 처음 반했던 모습이기도 하다.

가수로서 본업이라면 앨범(음원)을 내고 콘서트나 팬미팅을 하는 것이다. 앨범을 내면 팬 사인회가 따라오니까 사인회도 본업이다. 사인회는 지정 판매처에서 앨범을 사면 응모할 수 있다. 얼마나 많이 샀느냐에 따른 줄 세우기건 무작위 뺑뺑이건 당첨돼야 사인을 받는다. 코로나 이후로 대면 사인회가 불가능해지자, 영통(영상 통화) 사인회라는 새로운 문화도 생겼다.

김동완은 2020년 1월 말에 솔로 앨범인 「…LER」를 발매하면서 팬 사인회에서 타이틀 곡을 불러주기로 약속했다. 그런데 얼마 후 코로나로 모든 것이 정지되는 바람에 사인회도 무한정 미뤄졌다. 결국 대면을 원하는 사람을 제외하고 영통 사인회로 변경해 진행했다. 이렇게 적으면 내가 영통 사인회를 한 것 같은데, 응모도 안 했기에 대상이 아니었다. 코앞에서 김동완을 보기에는 내 심장이 나약하고, 무슨 말을 하면 좋을지 모르겠다. 게다가 영통이라니, 당연히 안 될 소리다. 출판사 편집자와 통화할 때도 심장이 방망이질하고 헛소리를 하는데 얼굴을 보면서 통화하다가는 기절할지도 모른다.

이런 이유로 사인회를 노리고 앨범을 사진 않는다. 대신 사인회 공지가 뜨기 전에 미리 산다. 한 장은 쌀쌀맞고 두 장은 정 없고 세 장은 서운하고. 이러쿵저러쿵 이유를 대서 그때그때 통장 사정에 맞춰 산다. 보통 다섯 장 이상 열 장 이하로 산다. 요즘은 CD를 재생할 장비가 없는 사람이 더 많으니 누굴 주거나 중고로 팔지 않고 보관한다. 그러다 보니 앨범 하나가 나올 때마다 방에 CD가 담긴 박스가 늘어난다. 수십 년 후에 저걸 다 어쩔꼬.

꽤 오래전부터 앨범에 랜덤 포토카드가 들어간다. 요즘은 포토카드에 플러스알파(무엇인지는 가수에 따라 다르다)도 랜덤으로 들어가서 전체를 다 모으고 싶은 팬들의 지갑을 탈탈 턴다. 상술이라면 상술인데, 팬도 다 알고 어울려주는 것이니 판매자도 기쁘고 소비자도 기쁜 거래다. 따지고 보면 팬 사인회도 판매량을 높이기 위한 행사다. 이

역시 아이돌 문화다. 소비할 수 있는 만큼 소비하면 된다. 직접 만나기 싫고 포토카드 수집욕도 없는 나는 즐길 수 있는 만큼 소비한다. 너 좋고 나 좋고, 참여하는 사람 모두 행복하면 됐다.

김동완의 본업 중 가장 좋아하는 활동은 누가 뭐래도 콘서트다. 신곡 없이 콘서트를 열어도 좋고 신곡을 내고 콘서트를 열어도 좋다. 신곡이 있어야 더 신나는 건 사실이니 앨범이나 음원을 소심하게 기대한다. 집에서 노래를 들어도 좋지만, 공연장에서 노래하고 춤추는 아티스트를 보며 함께 노래하는 순간의 쾌감과는 비교할 수 없다. 콘서트 날이면 집에서 나가기 전부터 행복하다. 콘서트는 저녁에 시작하니까 할 일 좀 하고 적당한 시간에 나가면 되는데, 아침부터 마음은 공연장에 가 있다. 다른 때면 가기 싫다고 징징댔을 서울까지 가는 길도 싫지 않다. 수도권에 살면서 멀다고 하면 실례지만, 활동 반경이 집과 마트가 전부여서 서울행은 특수 이벤트다.

콘서트 날은 기분부터 다르다. 뮤지컬이나 연극을 볼 때는 신나면서도 가기 전부터 지치는데, 콘서트는 무조건 '하이'다. 러너스하이 아닌 '콘서트하이'. 신화 콘서트도 좋은데 티케팅 능력치 바닥인 똥손이라 저 뒷자리에 앉아 전광판으로 보는 일이 부지기수다. 그래서 개인 콘서트가 더 좋다. 외박콘 공연장은 「두 번째 외박」부터 동덕여자대학교 백주년기념관으로 바뀌었다. 「첫 번째 외박」 공연장보다는 규모가 커져서 아담한 '소극장' 분위기는 아닌데, 나로서는 다행이다. 앞자리는 불가능해도 원하는 날에 자리를 잡을 수 있고, 제일 뒷자리에 앉아도 얼굴이 조끄마하게는 보이니까.

콘서트장에는 일찍 간다. 출퇴근 시간에 겹쳐서 붐비는 지하철을 타기 싫어서인 것도 있지만, 어차피 들떠서 아무것도 못 하니 서둘러 가자는 심리다. 콘서트를 기념해 팬들이 공연장 주변 카페에서 컵홀더 행사나 전시회 등을 여니 구경하는 재미도 있다. 이런 행사는 뮤지컬이나 연극 공연, 생일 때도 열린다. 서른 넘은 후에야 오프라인을 다니기 시작해서 팬들의 이런 행사가 언제부터 연예인 덕질 문화로 자리 잡았는지는 잘 모른다. 지하철의 생일 배너 광고도 그렇고 연예인 전시회도 그렇고 영화관을 대여한 상영회도 그렇고 카페 행사도 그렇고, 총대를 메고 진행하는 팬들이 멋있다.

콘서트장에 가면 쭉 놓인 기부 화환도 쌀 화환으로 시작해 라면, 기저귀, 유기견 사료 등 기부 품목이 다양해졌다. 콘서트도 보고 기부도 한다니 대단하다. 팬 활동이 사회에 미치는 긍정적인 영향이다. 나는 카페를 섭외하는 법도 모르고 컵홀더를 디자인하는 법도 모르며 화환을 신청하는 법도 모른다. 알아보려면 알아볼 수 있겠지만 나서는 성격이 아니어서 직접 하진 않을 것이다. 대신 기부나 행사를 위해 모금을 하면 돈을 낸다. 나처럼 수동적인 사람도 뒤에서 참여할 수 있어서 좋다.

　　매년 생일선물이나 활동 서포트를 위해 굿즈를 만들어 '공동구매' 형식으로 판매하는 팬들이 있다. 보틀이나 배지, 파우치, 연말이면 이듬해 달력이나 다이어리 같은 굿즈를 판다. 굿즈 비용을 입금하고 신청 양식을 작성하면, 몇 달쯤 지나 어떤 물품을 신청했는지 가물가물 잊어버렸을 즈음 도착한다. 매번 받을 때마다 놀란다. 내가 이런 걸 샀구나. 배송을 마친 후에 금액이 얼마나 모였고 어떤 서포트를 했는지 상세하게 정리한 메일이 온다.

　　굿즈를 일일이 디자인하고 제작 업체에 의뢰하고 들어오는 돈을 확인하고(이 과정에서 배송비 미입금이나 입금자명 오류 같은 일도 부지기수로 일어난다), 제작된 굿즈를 일일이 포장해서 구매자들에게 발송한다. 그 와중에 연예인에게 줄 선물도 골라 전달하고 정산한 후 후기까지 정리한다. 정신이 아득해지는 일인데, 이 일을 몇 년이나 우직하게 해내는 팬들이 있다. 팬으로서 기꺼운 마음으로 즐겁게 할 수도 있지만, 가끔은 귀찮고 분하고 속상할 때도 있을 것이다. 좋은 마음으로 시작해도 사람이 여럿 모이면 잡음이 난다. 그런데도 적극적으로 나서는 팬들이 존경스럽다.

연예인이 본업을 시작하면 팬들도 팬으로서 활동을 시작한다. 학생이든 직장인이든 자영업자든 주부든 자기 본업을 하며 살다가 덕후라는 정체성을 드러내 활동한다. 이 덕후들의 소비가 지하철 광고나 개인 제작 업체, 화환 제작 업체 등 여러 산업에도 영향을 미친다. 덕질에, 취미에 적극적인 사람들 덕분에 세상에 돈이 돈다. 그러니 앞으로도 열심히 서포트 비용을 입금하는 것으로 최소한의 마음을 표현하련다.

카페 이벤트도 구경하고 공식적으로 판매하는 콘서트 굿즈까지 사고 화장실에 들렀다가 드디어 공연장에 입장한다. 「세 번째 외박」의 첫콘 때는 김동완이 어디에서 나오는지 몰라 어둠 속에서 눈만 굴리다가 뒤에서 들리는 "꺄아악!" 하는 비명에 얼마나 놀랐던지. 나도 황급히 돌아보고 앞뒤 양옆에 앉은 팬들과 함께 "꺄아악!" 하고 익룡 소리를 냈다. 조명을 받으며 한 발 한 발 계단을 내려오는 내 연예인, 내 아티스트, 내 아이돌. 드라마나 영화에서 연기를 하는 그도, 무대에서 뮤지컬과 연극 공연을 하는 그도, 요리 방송의 MC를 하는 그도 사랑하지만, 공연장 지붕 아래에서 같은 공기를 공유하며 노래하는 그는 최고로 사랑스럽다. 무엇보다 이 순간을 즐기기 위해 착실히 일해서 돈을 번 나도 사랑스럽다.

소소한 꿈이 하나 있다. 그가 또 콘서트를 하면, 공연장 근처에 숙소를 잡고 올콘하는 것이다. 이 꿈을 과연 이룰 수 있을까? 혹시 모르지, 지금처럼 열심히 덕질하고 일한다면 그런 날이 올지도. 한 달에 일이 한 건 있으면 감지덕지했던 시절을 생각하면 마음껏 덕질하는 지금은 이미 꿈을 하나 이룬 셈이다. 그러니 앞으로도 꿈을 계속 이루다가 만족스럽게 승천하는 날이 올지도 모른다. 덕질에 돈을 쏟아붓는 것을 한심하다고 여기는 사람도 있겠지만, **내게 덕질은 곧 삶의 안정제다. 피땀 흘려 번 돈으로 오로지 나를 위한 행복을 살 수 있다면 얼마든지, 흔쾌히 사겠다. 그러려고 열심히 사는 내가 기특하다.**

그를 좋아한 덕분에 일과 수입이 조금씩 늘었고, 오래오래 사귀고 싶은 우정을 만났다. 새로운 분야에 조심스럽게나마 도전하는 과감함도 얻었다. 무엇보다도 그를 오빠라고 부를 때, 내 마음속에 따스한 불빛이 반짝 켜진다. 나 자신을 지금보다 더 사랑할 수 있게 해준다. 덕질이 내게 준 가장 크고 벅찬 선물이다.

기억하는 모든 순간에 있었던 것,

그게 바로 떡볶이입니다

2

기억하는 모든 순간에 있었던 것,

태초에

만화가 있었다

고등학생 때까지 만화를 참 좋아했다. 이 만화에는 만화책과 애니메이션이 다 포함된다. 만화를 덕질했다고 하기에는 부족하다. 요즘 유아들이 뽀로로나 아기 상어를 좋아하다가 어느 순간 졸업한 뒤, 이런저런 만화 캐릭터에 빠지듯이 나 역시 성장 과정으로 자연스럽게 빠져들었을 뿐이다.

요즘은 인터넷에 접속하면 언제 어디서나 뭐든지 마음껏 볼 수 있지만 내가 어렸을 때만 해도 일반 가정에 PC 통신도 제대로 보급되지 않았다. 각종 만화를 접할 수 있는 채널은 잡지와 단행본 같은 책, 그리고 텔레비전이 전부였다. 그 시절에 만화영화를 보려면 본방송 사수만이 유일한 방법이었다. 주말에 재방송도 해줬지만 시간을 깜박하기 일쑤였다.

케이블 방송이 생기기 전에는 평일 오후 5시에서 7시 사이가 공중파에서 만화를 방영했던 시간으로 기억한다. 같은 시간에 방송사마다 다른 만화를 방영했다. 이게 골치 아팠다. 내 딴에는 의리로 살고 의리로 죽는 사람이어서, 하나를 선택해 보기 시작하면 중간에 재미없어서 하차하더라도 같은 시간대에 하는 다른 만화는 보지 않았다. 나름 고집 있는 꼬맹이였다. 다만 첫 화부터 마지막 화까지 빠트리지 않고 챙겨 본 만화는 드물다. 기억하기로는 하나도 없었던 것 같다.

그때는 어른의 의사에 따라 움직여야 하는 힘없는 학생이었으니, 학원에 가야 하거나 가족 행사가 있으면 당연히 그쪽이 먼저였다. 선택권이 있었다면 만화를 우선시했겠지만, 내겐 그럴 권리가 없었다. 길고 긴 만화 시리즈를 몇 날 며칠 밤을 새워가며 달려도 덜 혼날 권리는 어른이 되고도 한참 후에 얻었다. 물론 지금도 안 혼나지는 않는다. 일주일쯤 침대에서 뒹굴며 만화만 봤다가는 엉덩이를 얻어맞을 거다.

자유로우면 흥미가 떨어지는 걸까? 상대적으로 자유를 얻은 후에는 만화에 대한 열정이 식었다. 자연스럽게 다른 쪽으로 관심이 옮겨갔다. 덕질도 시기가 있나 보다. 지금은 예전에 잠깐 알고 지냈던 작가가 연재하는 웹툰만 챙겨 보는 정도다. 유료 결제하면서 열심히 봤던 웹툰이 완결 난 후로는 아직 푹 빠질 만한 웹툰을 못 만났다.

『명탐정 코난』처럼 수십 년 단위로 연재 중인 만화는 앞 내용이 생각 안 나서 못 보겠다. 보려면 큰마음 먹고 처음부터 봐야 하는데 엄두가 안 난다. 한마디로 만화나 애니메이션의 진짜 덕후 앞에서는 명함도 내밀 수 없는 쪼렙(레벨이 한참 낮다는 뜻)이다. 애초에 레벨 자체가 없을지도? 이러니 만화를 언급해도 될지 조심스러운데, 처음으로 외부 세계에 사랑을 느낀 대상이므로 덕생을 말할 때 만화를 언급 안 할 수 없다.

「밀림의 왕자 레오」,「은하철도 999」,「로미오의 푸른 하늘」,「빨강 머리 앤」,「베르사이유의 장미」,「요술소녀」,「꾸러기 수비대」,「사우르스 팡팡」,「슈퍼 그랑죠」,「미소녀 전사 세일러문」,「웨딩 피치」,「사이버 포뮬러」,「슬레이어즈」,「마법기사 레이어스」,「카드캡터 체리」,「천사소녀 네티」……

내가 '만화영화'로 기억하는 작품들이다. 원작 만화책이 따로 있는데, 영화로 접하고 책으로는 안 본 작품이 더 많다. 제목만 적어도 텔레비전 앞에 책상다리하고 앉았던 내 모습이 떠오른다. 추억 보정이 클 테니 지금 다시 보면 실망할 수 있겠지만, 내 어린 시절을 형형색색으로 물들여준 대작들이다. 주제가도 어찌나 좋던지, 지금도 무심코 흥얼거리는 노래들이 많다.

십이지신 순서가 생각 안 나면「꾸러기 수비대」의 "똘기 떵이 호치 새초미 자축인묘 드라고 요롱이 마초 미미 진사오미~"를 부르기 시작하고, 인터넷을 하다가 기차 사진이나 영상을 보면 자연스럽게 "기차가 어둠을 헤치고 은하수를 건너면~" 하고「은하철도 999」노래를 흥얼거린다. 심지어「은하철도 999」는 제대로 보지도 않았는데.

일주일에 너덧 번씩 노래방에 들락거리던 시절이 있는데, 같이 간 친구가 노래를 알거나 말거나 각종 만화 주제가를 열심히도 불렀다. 노래방에서 부르려고 만화영화는 안 보고 노래만 외우기도 했다.

만화책으로 기억하는 작품 역시 많다.

『레드문』, 『파라다이스』, 『별빛 속에』, 『노말시티』, 『오디션』, 『바람의 나라』, 『불의 검』, 『열혈강호』, 『짱』, 『유리가면』, 『동경 바빌론』, 『X』, 『성전』, 『드래곤볼』, 『타이의 대모험』, 『터치』, 『H2』, 『바람의 검심』, 『슬램덩크』, 『봉신연의』, 『헌터×헌터』, 『3×3 EYES』, 『명탐정 코난』, 『사신전』, 『소마신화전기』……

아직도 연재 중인 작품이 많아서 놀랍다. 『헌터×헌터』 작가의 무한 연재야 워낙 유명한데, 『열혈강호』도 아직 연재 중이라고 해서 놀랐다. 강경옥의 만화를 참 좋아했다. 『별빛 속에』의 시이라젠느와 레디온, 『노말시티』의 주인공 마르스와 이샤는 지금도 좋아하는 캐릭터로 꼽는다. 여자와 남자의 로맨스는 거의 모든 장르에서 무심한 편인데, 저 두 커플은 지금 생각해도 가슴이 뛴다.

만화 잡지라는 매체는 초등학교 때 다닌 피아노 학원에서 처음 접했다. 원장선생님이 매달 만화 잡지를 사둔 덕분에 「아이큐 점프」, 「소년 점프」, 「댕기」, 「윙크」 같은 잡지들을 볼 수 있었다. 이 시절 만화 잡지의 매출 대다수를 각종 학원이 차지했을 것 같다. 초등학생 때만 해도 만화책이나 만화 잡지를 돈 주고 사면 안 되는 줄 알았다. 사촌 언니 집에 순정만화 잡지가 몇 권 있는 걸 보고, '일반인이 사도 되네?' 하고 놀랐던 기억이 있다. 그러니 피아노 학원은 노다지였다. 레슨 시간보다 일찍 가서 잡지를 읽고 건반을 아무렇게나 뚱땅대다가 잡지를 마저 읽고 돌아왔다.

원장선생님에게 아들이 있어서 이른바 '소년 만화'로 구분되는 잡지들이 많았다. 지금 돌이켜보면 여성 캐릭터의 무의미한 노출이나 폭력적인 장면이 많아 초등학생의 정서에는 몹시 안 좋았던 것 같다. 지금도 그러려나. 이해하지 못할 어른의 사정으로 연재 중단된 작품도 많고, 그림체와 내용이 거기서 거기여서 뒤섞여버린 작품도 많다. 언뜻 내용은 아는데 제목이 생각나지 않는 작품도 많다. 그래도 잡지 덕분에 만화를 읽는 재미를 배웠다.

이 시절에 나만의 취미가 있었다. 홑이불을 덮고 인형을 끌어안고 누워 공상하며 시간을 보내는 놀이다. 옆에서 보면 나무늘보 같았겠지만 나는 바빴다. 그때그때 빠졌던 만화 주인공들을 상상하고 이야기를 부여하느라 뇌세

포가 쉴 새 없이 움직였다. 나의 홑이불은 마음을 달래주는 애착 물건인 동시에 주인공을 상상하게 해주고 가끔은 나를 주인공으로 만들어주는 의상이었다. 홑이불을 망토처럼 목에 묶으면 하늘을 나는 초능력자가 됐고 치마처럼 허리에 두르면 빨강 머리 앤 혹은 세일러 전사가 됐다.

하여간 나사 하나 풀린 듯이 평화로운 시절이었다. 자극적인 오락 거리라곤 만화와 동네 오락실이 전부였고, 학원에 한두 군데 다니긴 했지만 치열하게 공부하지 않았다. 시간은 많고 할 일은 없던 그 시절, 만화 주인공과 각종 모험을 즐기는 공상만큼 재미있는 게 있었겠는가. 나가 놀기보다 집에서 꼼지락거리기를 좋아해서 공상할 때가 제일 즐거웠다. 예전부터 뭔가에 빠지면 나름의 해석으로 만족할 때까지 놀아야 직성이 풀리는 성질이었다.

나만의 놀이는 여전히 현재진행형이다. 자려고 침대에 누우면 자연스럽게 이불을 몸에 감고 베개를 끌어안아 얼굴을 묻는다. 요즘은 만화 주인공 대신 며칠 전에 읽은 책이나 드라마, 영화 속 주인공을 그린다. 특히 콘텐츠의 결말이 마음에 안 들면 머릿속에서 구미가 당기는 다른 결말을 상상한다. 각종 사건을 만들어 주인공 혹은 좋아하는 캐릭터를 내킬 때까지 굴린다. 책이나 영화에서는 죽인 캐릭터도 내 머릿속에서는 살아 있다. 얘를 살리는 대신

재를 죽이기도 한다.

　　어린아이의 한도 끝도 없는 무한 상상력은 오래전에 잃었지만, 지금 파는 대상에 취해 허우적대는 것은 잃기 싫은 소중한 시간이다. 이런 공상과 망상은 뭔가 생산하거나 남과 공유하는 일 없이 혼자만의 세계에 빠지는 행위이니, 덕질이라고 부르기에는 부적합하려나? 그래도 나는 머릿속의 이모저모도 어엿한 덕질이라고 생각한다. 이런 덕질이 발전해서 그림을 그리거나 글을 쓰는 2차 창작이 나오고, 하나의 시장을 이루어 돈이 오가고 문화가 된다. 내가 2차 창작물이라는 세계를 만난 것은 조금 더 나이를 먹은 뒤였는데, 공상 시간 덕분인지 거부감 없이 받아들였다. 이런 시간 덕분에 최소한의 포용력은 있는 사람으로 컸다고 생각하면 오버일까.

첫사랑은

이루어지지 않는다지

만화로 덕질의 문을 열었으니 첫사랑도 만화 캐릭터여야 앞뒤가 맞다. 나를 좋아한 인간도 있었고 내가 좋아한 인간도 있었지만, 사랑이 뭔지 깨닫게 한 격렬한 펀치는 만화였다. 첫사랑은 이루어지지 않는다고 했던가. 만화 캐릭터에 반한 내 첫사랑도 당연히 이루어지지 않았다. 첫사랑은 지금도 진행 중이다. 첫사랑 이후 수많은 환상 속 인물과 현실 인물에게 반했고 앞으로도 새로운 사랑에 빠지겠지만, 끝나지 않은 첫사랑도 계속될 것이다.

내 첫사랑은 눈이 돌아가 앞뒤 안 가리고 활활 불타오르는 센 불의 사랑은 아니다. 2~3년에 한 번쯤 떠올리며 혼자 히죽 웃는 약약약 불 정도의 사랑이다. 삶의 활력소가 되기에는 미미해도 가끔 되새김질하며 그리워하는 사랑, 뜨뜻미지근한 첫사랑의 그이는, 가장 아끼는 만화『동경 바빌론』의 주인공 스메라기 스바루이다.

『동경 바빌론』은 일본의 만화 창작 집단 CLAMP가 1990년대 초반에 그린 초기 대표작 중 하나다. 소장한 일본 단행본에 초판이 1991년으로 표시되었으니 나름 고전이다. 원제는 『東京 BABYLON』, 우리나라에는 『동경 바빌론』으로 출간됐다. 도쿄를 이 책으로 처음 접한 탓에 지금도 번역하면서 '東京'이라는 한자를 보면 '도쿄'보다 '동경'이 먼저 떠오른다.

중학생 시절, 동네에 우후죽순으로 생겼던 만화 대여점에서 처음 이 책과 만났다. 해적판인지 정발판(국내에 정식 발매되는 정품)인지는 모르겠다. 일본 이름 그대로였으니까 정발판이려나. 그때는 대여점에서 만화를 빌리는 것에 거부감이 없어서 닥치는 대로 빌려 읽었다. 처음 책을 펼친 순간부터 이거구나 싶었다. 몇 번이나 빌려 읽다가 결국 단행본을 샀고, 몇 년 후 일본에 처음으로 여행 가서 시부야의 중고 서점을 뒤져 원서를 샀다. 일본어를 아예 못 읽을 때였는데 갖고 싶었다. 이 책이 내 돈을 주고 산 최초의 만화책이며 소장욕을 일깨운 시초였다.

거의 모든 면에서 겉보기를 따지는 나는 만화를 선택하는 기준도 예쁜 그림체다. 예쁨을 추구하는 내 눈은 CLAMP 특유의 화려한 그림체에 녹아버렸다. 얼굴 절반을 차지하는 큰 눈, 머리가 다섯 개는 들어가고도 남을 넓은 어깨와 길쭉하고 낭창한 허리, 8등신을 넘어 10등신 이상인 인체 비율. 따져보면 꼬집을 점이 많은 그림체인데, 어린 내 눈에는 세상에서 가장 아름다운 그림으로 보였다. 지금 봐도 예쁘다. 인체 비율이 이상하면 어떤가, 예쁘면 장땡이지.

내용을 간단히 정리하면, 일본을 대표하는 음양사 가문의 13대 당주인 스메라기 스바루와 쌍둥이 누나 호쿠

토가 도쿄에서 갖가지 사건을 해결하는 이야기다. 그들 곁에는 암살자 집단의 수장 사쿠라즈카 세이시로가 사람 좋은 수의사라는 가면을 쓰고 붙어 있다. 옴니버스로 사건을 해결하면서 이 만화의 핵심인 스바루와 세이시로의 관계도 차츰 변한다. 배경은 거품 경제가 지난 시기, 고도성장을 이뤄 경제적으로 부유함을 누리는 수도 도쿄다. 갑작스럽게 성장하면 변화를 따라가지 못하는 사람들이 생긴다. 이 책은 순진무구한 소년의 눈으로 그런 사람들의 삶을 보여준다. 학교 폭력, 집단 따돌림, 괴롭힘 등으로 번역되는 '이지메'나 성범죄 피해자의 인권 문제, 사회적 약자인 여성과 노인, 외국인 노동자, 장애인을 대하는 시선, 사이비 종교 문제 등 사회의 단면을 적나라하게 드러낸다.

화려한 그림체로 그려낸 그 시절 도쿄는 아름다우면서 차가워 보였다. 소심하고 겁 많은 성격 탓에 중학생 때까지만 해도 혼자서는 동네 번화가에도 못 갔다. 버스를 타면 10분도 안 걸리는데 낯설고 먼 세상 같았다. 학교와 집, 학원이 전부인 협소한 세상을 살던 내게 만화나 책은 최고의 자극이었다. 『동경 바빌론』은 도쿄라는 낯선 세상에 환상을 품게 해줬다.

『동경 바빌론』 때문에 '미스터도넛'이라는 도넛 가게에서 파는 엔젤크림 도넛에 환상을 품었고, 도쿄 타워와 선샤인시티는 죽기 전에 가봐야 할 곳이 되었다. 후에 엔젤크림 도넛도 먹어보고 도쿄 타워, 선샤인시티, 기타 여러 장소도 실제로 가봤는데 큰 감흥은 없었다. 성지 순례한다는 기분도 없었다. 아마도 내 안에서 『동경 바빌론』의 '동경'과 실재하는 도쿄는 전혀 다른 평행세계인가 보다.

첫사랑인 스바루 이야기를 해볼까. 스바루는 착하다. 자기보다 타인을 먼저 생각하고, 남의 아픔에 민감하게 반응해 영향을 받는다. 자신보다 남을 더 소중히 여긴다. 순해서 사람 대하는 데 서툴다. 너무 순수하고 맹목적이어서 불안정하다. 호쿠토는 동생 스바루를 이렇게 표현한다.

"스바루는 아마 지금까지 만났던 모든 사람의 '마음'을 전부 기억하고 있을 거야. 본인은 잊더라도 스바루는 절대 잊지 않아. 계속 떠안고만 있지, 놓아버리지 못해. 나는 어렸을 때 생각했어. 스바루는 분명 이대로는 살지 못할 거라고. 마음이 너무 새하얘서. 틀림없이 언젠가 마음이 깨져 죽을 거라고."

이 성격에 반했다. 남을 배려하고 아끼는 천성에 빠졌다. 이런 사람이 되고 싶었다. 며칠을 굶었어도 더 배고픈 사람을 위해 먹을 것을 양보하고, 하기 싫어도 다른 사람을 위한 일이라면 흔쾌히 하는 사람이 되고 싶었다. 목숨까지도 얼마든지 내놓을 수 있는 사람이 되고 싶었다. 스바루는 내 이상향이었다. 오죽하면 스바루와 생일이 같은 것이 은근한 자랑거리였을까. 내가 워낙 이기적이어서 헌신불 같은 이타적인 성격을 동경했는지도 모른다. 원래 정반대에 끌린다고 하지 않나. 지금도 영화나 드라마에서 시선이 가는 인물들이 대체로 올곧고 선하고 긍정적인 성향인 걸 보면, 난 비뚤어졌고 악하고 부정적인가? 에이, 설마.

그나저나 이 아이의 인생, 차마 눈 뜨고 볼 수 없을 정도다. 스바루와 호쿠토의 이야기는 비극으로 치닫는다. 유혈 낭자한 비극이다. 전개가 너무 충격이어서 처음엔 내가 잘못 읽은 줄 알았다. 얼마나 충격을 받았는지, 읽은 지 20년이 지난 지금도 스바루와 세이시로에게 집착한다. 스바루와 세이시로가 워낙 인기가 있어서인지 단순히 작가가 사랑하는 캐릭터여서인지는 모르겠는데, 1999년 세기말을 다룬 만화 『X』(미완)와 우리나라에서도 유명한 『카드캡터 체리』의 다른 이야기인 『츠바사 크로니클』과 『XXX 홀릭』에도 등장한다.

세이시로와 스바루의 이야기만 놓고 보면 일단은 『X』에서 끝을 맺었다고 볼 수 있다. 꿈도 희망도 없는 결말이긴 해도. 그런데도 자꾸 다른 작품에서 불러들이니 미

칠 노릇이다. CLAMP가 완전히 끝이라고 땅땅 결론을 내
주기 전에는 미련 가득 매달려 있을 것 같다. 학산문화사에
서 2018년에 3권 애장판 세트로 『동경 바빌론』을 재출간
했고 eBook으로도 나와 있다. 비극적인 결말이 궁금하다
면 장바구니에 담아보시기를!

　　지금은 스바루를 닮고 싶진 않다. 성향이 전혀 달
라서 닮을 수도 없다. 아무리 봐도 호구 같은 성격이다. 다
른 사람을 먼저 생각하는 것은 나를 아끼고 사랑해주는
사람을 배신하는 행위 같다. 내가 행복하면서 남도 행복하
기를 바라는 정도가 딱 좋다. 그래도 스바루는 여전히 아
끼는 캐릭터 부동의 1위이다. 첫사랑이자 이상향이다. 스
바루 보기에 부끄럽지 않은 인생을 살고 싶다.

　　이 만화는 단편 애니메이션으로도 제작됐다. 당시
학교 친구의 친척이 녹화 비디오를 팔았는데, 불법인 줄
모르고 구매했다. 저작권 의식이 흐릿한 시절이었지만, 그
판매자는 불법인 줄 알면서 했을 테니 못된 어른이다. 자
막이 있었는지는 기억 안 나는데, 수없이 돌려 봤던 걸 보
면 아마 있었을 것이다. 재미있게도 그때 스바루를 연기했
던 성우는 몇 년 후 내 최애 성우가 되었다. 역시 스바루와
나는 운명인가 보다. 덕후는 이렇게 무의미한 데에서 의미
를 찾아내고 착즙한다.

난데없는 덕질로
번역가가 되다

나는 번역 이외에 다른 일을 하지 않는 생계형 번역가이다. 따라서 주 수입원이자 유일한 수입원은 번역료다. 장당 얼마의 작고 소중한 번역료가 모여 생활비가 되고 덕질비가 되고 적금도 된다. 쥐똥만 한 돈방울이 모이고 모여 거창하진 않아도 기특한 돈방울을 만들어낸다. 출판계는 유사 이래 항상 불황이지만, 어느 정도 덕질하며 살 수 있는 최소한의 돈은 벌고 있다. 이토록 고마운 일이 있나. 번역료가 획기적으로 인상되면 좋겠다, 대박이 날 책을 인세로 계약하면 좋겠다, 두둑한 원고료를 받으면서 꾸준히 글을 쓰면 좋겠다. 욕심을 부리자면 끝이 없다만, 일단은 좋아하는 일을 하며 만족스럽게 살고 있다.

처음부터 일본어 번역가를 꿈꾸진 않았다. 번역에 흥미를 느꼈을 무렵에 아는 외국어라곤 영어뿐이었으니 세상에는 영어 번역가만 있는 줄 알았다. 영어 공부를 하려고 노력도 했다. 까마득한 대학 시절 복수전공이 영어영문학이었는데, 본 전공보다 성적도 좋았다. 지금이야 뭘 배웠는지 하나도 기억 안 나고 "하우 아 유?", "아임 파인, 땡큐." 말고는 한 마디도 못 한다. 대학에 간 의미가? 요지는, 일본어 번역가는 어쩌다가 꿈꾸게 된 일이고, 그 계기가 바로 덕질이었다 이 말이다.

일본어를 처음 공부한 것은 고등학교 3학년 때였

다. 남들은 수능 공부하느라 바쁠 시기, 나는 일본 록밴드 'GLAY'의 노래를 듣느라 바빴다. 가사의 뜻을 알고 싶었다. 영어 단어를 하나라도 더 외워야 할 시간에 초급 일본어 교재를 펴놓고 히라가나와 가타카나를 외웠다. 자습 시간에 그러고 있다가 지나가던 교감 선생님에게 걸려 잔소리를 듣기도 했다. 제2 외국어가 프랑스어인 학교였으니 수능 공부라고 핑계를 댈 수도 없었다. 이때는 일본어 실력이 일취월장하진 않았다. 히라가나만 간신히 쓸 수 있는 정도였다. 그 상태로 고3 시절을 보내고, 대학에 입학해서는 노는 것도 공부하는 것도 아닌 어중간한 생활을 하다가 대학교 4학년 때부터 일본어 공부를 다시 시작했다.

친하게 지내던 학과 조교와 나, 동기 셋이서 애니메이션 노래로 일본어 스터디를 했다. 유학을 준비하던 선배가 가사를 정리한 프린트를 나눠주고 단어와 문법을 가르쳐주는 방식이었다. 동기와 조교가 애니메이션을 좋아해서 급조한 스터디 모임이었다. 여럿이 하는 것도 아니고 딱셋이, 그것도 친한 사람들끼리 모였으니 공부가 될 리 없었다. 당시 내가 공부에 뜻이 없기도 했다. 그래도 귀동냥으로 일본어를 접한 덕에 자연스럽게 깨우치는 게 있었고, 매일 애니메이션을 보다 보니 성우에 관심이 갔다.

일본 성우에 결정적으로 빠진 계기는 드라마 CD

였다. 요즘은 우리나라 성우들이 연기한 우리나라 드라마 CD도 많은데, 그때는 생소했다. 그래서 처음에는 이 드라마 CD라는 개념을 이해 못 했다. 화면이 있는 애니메이션이 아니라, 오로지 성우들의 연기만 담긴 CD가 있다니?

드라마 CD의 존재는 좋아하는 애니메이션 덕분에 알았다. 「십이국기」라는 애니메이션으로, 일명 오노 주상이라고 불리는 작가 오노 후유미의 동명 소설이 원작이다. 원작 소설을 좋아해서 완결을 기다리는 중이고, 주상의 책을 번역하고 싶다는 소소한 꿈도 꿨다. 이루어지지 않을 꿈이라 일찌감치 포기했지만. 아무튼, 이 시리즈에서 특히 아끼던 캐릭터의 이야기가 드라마 CD로 있다지 뭔가. 당시에는 직구하는 방법을 몰라 발만 동동거렸는데, 우연히 들른 광화문 교보문고의 일본 서적 코너에 나를 기다리기라도 한 양 얌전히 꽂혀 있었다. 당장 사서 듣기 시작했다.

일본어를 거의 못 했을 때였고 세계관이 독특한 이야기여서 10퍼센트도 못 알아들었다. 그래도 애니메이션으로 보던 캐릭터의 목소리를 귀로 들으니까 즐거웠다. 이 캐릭터를 연기한 성우가 바로 「동경 바빌론」 단편 애니메이션에서 스메라기 스바루를 연기한 성우다. 우리나라에서는 「이누야샤」의 이누야샤, 「명탐정 코난」의 남도일(쿠도 신이치)과 괴도 키드, 「데스노트」의 L 등으로 알려졌다. 이름은 야마구치 캇페이, 맑고 힘 있는 음색이어서 소년 만화 주인공을 자주 맡았다.

성우는 애니메이션에 없어서는 안 될 존재인데, 드라마 CD로 목소리만 집중해서 듣기 전에는 중요하게 생각해본 적이 없다. 눈을 어지럽게 하는 화려한 영상을 쫓다 보면 목소리는 부가 서비스 같았다. 예쁨을 추구하는 외모지상주의 때문에 시각에 현혹됐다면, 청각에 의존하는 드라마 CD를 들을 때는 귀로 듣는 예쁨에 집착했다. 덕분에 성우의 역할이 얼마나 중요한지 알았다. 당연하게 들었던 음색이 몇 배는 더 아름답게 들렸다. 방심하고 있다가 고막부터 함락됐다.

그때부터 드라마 CD를 구하기 시작했고, 야마구치 캇페이가 연기한 CD 몇 개를 줄곧 듣고 다녔다. 지금은 구경하기도 어려운 CD 플레이어를 가방에 넣고 다녔다. 학교에 갈 때도 들었고 공부하는 동안에도 들었고 잘 때도 들었다. 이때 들은 CD는 대부분 BL물이었다. 고등학생 시절부터 BL 만화를 즐겨 봐서 야한 장면이 나와도 거부감이 없었다. 그저 성우의 목소리를 듣고 싶었다.

기억하기로 2004년 전후였을 것이다. 내 귀에는 언제나 이어폰이 꽂혀 있었다. 어차피 알아듣지 못하니까 다른 일을 하며 들어도 거슬리지 않았다. 그렇게 무작정 듣다 보니 하나둘 말소리가 들렸다. 하나도 못 알아들었던 내용인데 차츰차츰 무슨 상황인지 이해했고, 무슨 말을 하는지 짐작할 수 있었다. 그렇게 90퍼센트, 50퍼센트, 30퍼센트씩 못 알아듣는 부분이 줄어들었고, 마침내 뉘앙스와 눈치로 드라마 CD 한 편의 내용을 이해할 수 있었다. 일본어 공부라곤 무의미한 노래 스터디만 했는데도.

이 시기의 나는 대학을 졸업하기 싫은데 공부도 싫고, 취업하기는 더 싫어서 될 대로 되라고 대충 살았다. 뭘 해서 먹고살아야 할지 막연하게 걱정하면서 행동은 안 했다. 스펙을 올릴 생각도 없었다. 남들은 올A+를 받고 토익 만점을 받고 자격증을 따며 열정적인 청춘을 사는데 나는 어영부영 지냈다. 뭔가 이루고 싶은데 노력하기는 싫어서 운과 공짜만 기대했다. 재활용도 못 할 쓰레기 같다고 생각하던 시기에 노력 없이 일본어를 어느 정도 익혔다. 이게 의미가 있었다. 새로운 CD를 들어도 어느 정도 내용을 파악한다는 것을 깨닫자 발전적인 목표가 생겼다. JPT와 JLPT를 따기로 했다. 어학 자격증을 딴다고 꽃길이 펼쳐질 리 없지만, 의욕 없던 내게는 신선한 변화였다. 곧바로 일본어 학원에 등록해 시험을 준비했다.

드라마 CD를 듣지 않았다면, 일본어 공부를 본격적으로 시작했을까? 노력 없는 보상을 바라는 게으름뱅

이인 내가? 절대 그러지 않았을 것이다. 이렇게 내 일본어는 GLAY로 시작해 야마구치 캇페이로 발전했다. 이들이 아니었다면 애니메이션을 좋아했더라도 일본어에 흥미를 느끼진 않았을 것이다. 그렇다고 영어를 열심히 공부하지도 않았으니 번역을 업으로 삼지 못했으리라. 번역가는 어린 시절의 헛된 꿈으로 남기고 다른 일을 했겠지. 무슨 일을 했을지 상상이 안 가지만, 뭐든 하면서 살았을 것이다. '일본어 번역가가 안 됐으면 도대체 어떻게 살았을까?'라고 생각할 정도로 사랑해 마지않는 이 일이 내 것이 아니었을 수 있다니, 상상만 해도 숨이 막힌다. 다른 길을 갔어도 알아서 살았겠지만, 일본어를 번역하는 나를 사랑하기에 지금 걷는 이 길이 감사하고 다행스럽다. 록밴드 GLAY와 야마구치 캇페이에게 늘 고맙다.

기억하는 모든 순간에 있었던 것,

신주쿠의

작은 공연장에서

해외여행 경험이 거의 없다. 가본 외국도 일본 하나뿐이다. 미국이나 유럽은 물론이고 휴양지로 인기인 동남아도 안 가봤다. 해외뿐 아니라 제주도도 미지의 땅이다. 전 세계를 휩쓴 코로나로 향후 몇 년간은 비행기를 타기 쉽지 않을 텐데, 집순이여서 해외여행이 그렇게 아쉽지는 않다. 그래도 일본에 공연을 보러 갔던 기억을 떠올리면 조금은 그립다.

한창 일본 성우를 좋아했을 때, 성우 이벤트에 가고 싶어서 안달이 났었다. 티켓을 구하는 방법도 몰랐고, 설령 사더라도 티켓을 배송 받아줄 일본 거주자도 없었다. 앞뒤가 꽉 막힌 상황인데 무턱대고 가고 싶었다. 당시 메신저를 주고받던 성우 덕후와도 심심하면 이벤트에 가고 싶다고 징징댔다.

그러다가 일본 옥션 사이트를 알게 됐고, 어디에서 그런 용기가 났는지 우리나라에서도 안 해본 경매를 일본 사이트에서 처음 도전했다. 다른 입찰자 몇 명과 얼마씩 찔끔찔끔 돈을 올리며 경합했는데, 잠깐 일하는 사이에 마감 시간이 지나고 말았다. 그러기를 몇 번쯤 반복하자 성질이 나서 아예 판매자가 지정해둔 바로 구입할 수 있는 금액을 질러버렸다. 정가 6~7천 엔 정도였던 티켓을 3만 엔에 가까운 돈을 주고 샀다. 30만 원 돈을 성우 이벤트 한 회차를 위해 쓴 것이다. 여기에 항공료, 숙박비, 교통비, 식비까지…… 도대체 이 여행에 얼마나 썼더라. 저렴한 항공편을 찾고 숙소도 한인이 운영하는 도미토리식 게스트하우스를 잡아 최대한 아꼈지만 티켓 비용을 제외하고도 몇 십만 원은 썼을 것이다. 우리나라 콘서트였으면 절대 안 할 프리미엄 구매다.

일본어를 할 줄은 알지만 유창하진 않았던 때, 용감하게도 나보다 대여섯 살은 어리고 일본어 실력도 거기서 거기인 덕후 한 명을 끌고 도쿄로 떠났다. 요코하마의 큰 공연장에서 열린 여성향 시뮬레이션 게임의 이벤트였다. 이벤트 자체가 어땠는지는 기억이 희미하다. 대본 낭독은 그나마 알아들을 수 있었으나 자기들끼리 빠르게 나누는 대화는 넋을 놓고 바라만 봤다.

서브컬처 시장이 탄탄한 덕분인지 각 캐릭터의 솔로 노래도 CD로 나왔는데, 이벤트에서 성우들이 직접 노래를 불렀다. 거의 준 연예인이나 마찬가지였다. 노래를 잘하는 성우도 있고 좀 심하게 서툰 성우도 있었다. 내가 보러 갔던 성우는 솔직히 말해서 후자에 가까웠다. 오히려 내가 더 잘 부를 것 같다. 그래도 덕심에 귀여웠다. 비행기 타고 하늘을 붕붕 날아서 한 과감한 덕질이었다. 무리하지 않고, 멀리 가지 않고, 힘들지 않게 하는 덕질이 최고라고 믿는 열정 없는 내가 잘도 마음을 냈다 싶다. 지금도 집이 최고라고 생각하지만, 역시 밖으로 나가야 얻을 수 있는 것도 분명 있다.

도쿄 신주쿠의 공연장에서 연극을 본 적이 있다. 당시 성우 야마구치 캇페이가 속했던 극단에서 올린 연극이다. 그가 연극 무대에도 선다는 것을 알자, 이번에도 보고 싶다는 이글이글한 욕망이 고개를 들었다. 하지만 소극장 공연이다 보니 티켓을 어떻게 얻어야 할지 막막했다. 인터넷의 안내를 보면 배송지가 있어야 한다는데, 내게는 여전히 일본 주소가 없고 아는 일본인도 없었다.

그래서 고민 끝에 극단의 대표 메일 주소를 찾아 메일을 보냈다. '야마구치 캇페이의 팬인데, 한국인이다. 이번에 올라오는 공연을 보고 싶으나 일본 내 주소가 없어서 티켓을 받을 방법이 없다. 번거롭겠지만 혹시 공연을 볼 수 있도록 도와줄 수 있겠는가.' 대충 이런 내용이었다. 지푸라기라도 잡는 심정으로 메일을 보냈지만, 답변이 오리라는 기대는 하지 않았다. 그런데 기쁘게도 극단에서 답변을 보내주었다. 공연을 볼 날을 지정해주면 현장에서 내 이름으로 두 장(지인의 티켓까지)의 티켓을 살 수 있도록 마련해놓겠다는 내용이었다. 세상에! 공연 준비하랴 티켓

판매하랴 정신없이 바쁠 텐데, 와도 그만 안 와도 그만일 외국인 두 명을 위해 답변도 주고 방법까지 제시해주다니 고마워라.

지금 생각해보면 이쯤은 할 수 있는 배려이다. 나는 당시 일본인 대상 게스트하우스에서 일했다. 여행 온 일본인들은 대부분 얌전해서 어려운 부탁은 거의 안 했는데, 가끔 번거로운 요구를 하는 숙박객이 있었다. 어지간한 일은 동분서주하며 처리해주었다. 소규모 게스트하우스도 그랬는데, 어느 정도 규모 있는 극단이라면 관객 배려는 얼마든지 해줄 수 있다. 그래도 서비스를 제공하는 쪽이던 내가 서비스를 받는 사람이 되니 날 듯이 기뻤다. 부디 그렇게 해달라고 답을 보내고, 지인과 두근두근 떨리는 마음으로 비행기를 탔다.

사실 공연에는 원래 현장 예매가 있으니 문의하지 않아도 볼 방법은 있었다. 내가 공연 초짜라 몰랐을 뿐이다. 체력을 깎아 먹는 '밤도깨비 1박 3일 패키지'를 이용해서 갔는데, 아직 어렸고 일본에 가서 연극을 본다는 사실에 내내 들떴다. 방실방실 웃으며 미로 같은 신주쿠역을 걷다가 길을 잃고 허둥대던 기억이 난다. 같은 자리를 몇 번이나 맴돌아 간신히 공연장을 찾아가 티켓을 샀다. 이름을 말하자 극단원이 한국 팬이라고 반겨줬다. 자유석이라

앞에서 두 번째 열에 앉았다. 연극이나 뮤지컬, 심지어 콘서트도 안 다니던 시절이라 얼마나 긴장했던지. 나도 지인도 어리바리하게 눈치만 열심히 봤다. 약 2시간가량의 연극을 과연 알아들을 수 있을지 걱정도 됐다. 공연은 알아듣지 못하는 부분도 많았지만 좋아하는 성우가 바로 앞에서 의상을 입고 이리저리 돌아다니며 연기하니 재미있었다. 이게 바로 실시간 공연의 힘이구나!

공연을 마치고, 지인이 챙겨 간 선물을 전달하려고 접수처를 찾았다. 그때 우리는 오히려 큰 선물을 받았다. 팬이라고 메일까지 보내며 찾아온 외국인을 위해, 야마구치 캇페이 본인이 옷을 갈아입고 만나러 왔다. 아마도 자기들 사이에서 소소하게 화제가 됐었나 보다. 극단원이 잠깐 기다리면 만날 수 있다고 했을 때 어찌나 당황했던지 "지금 샤워하고 계시는 거 아니에요?" 하고 엉뚱한 소리를 했다. 극단원은 빵 터지며 이렇게 대답했다. "네, 촉촉하게 젖은 야마구치를 볼 수 있습니다."

잠깐 기다려서 만난 야마구치 캇페이는 작고 귀여웠다. 프로필상의 키가 160센티미터, 나보다 작으니 그야말로 아담 그 자체다. 극단원의 말처럼 막 샤워를 마쳐서 머리카락도 피부도 촉촉하니 윤기가 났다. 유명인을 코앞에서 보고 대화를 나눈 것은 이때가 처음이었다. 너무 떨려서 무슨 말을 했는지 기억도 안 난다. '와, 대박, 미쳤어, 헐!' 각종 감탄사만 머릿속을 오갔다. 게다가 지금 막 씻고 올라온 그를 바로 앞에서 봤으니 더 흥분할 수밖에. 지인과 나 사이에 그를 세우고 사진도 찍었다. 아쉽게도 그 사진은 컴퓨터가 고장 나 바꾸면서 백업하지 않아 잃어버렸다. 당시 사진 속의 나는 선명한 주황색 옷을 입고 방긋방긋 웃은 탓에 불타는 고구마 같았으니 공중분해가 된 게 다행이다.

이 경험으로, 좋아하는 사람을 무대 밖에서 직접 만나는 것은 심장에 해롭다는 삶의 지혜를 얻었다. 한국에 돌아와 고맙다는 의미로 몸에 좋은 이런저런 차들을 구해서 극단에 보냈다. 그러자 극단에서도 외부 공개용은 아니지만 감사의 의미로 보낸다면서 극단원 전원이 모여 찍은 사진을 메일로 보내주었다. 이 사진도 컴퓨터를 바꾸면서 사라졌다. 왜 이렇게 물건을 소중히 여기지 않을까. 그래도 두 번 다시 없을 행복한 경험이었다.

그때 본 공연은 4부작 시리즈였다. 두 번째 공연도 일정 맞춰서 보러 갔고, 세 번째 공연 때는 워홀 중이어서 문제없이 볼 수 있었다. 아쉽게도 마지막 4부는 못 봤다. 워홀을 마치고 귀국해서 방황하다가 아이돌 덕질을 본격적으로 재개한 시기여서 굳이 일본에 가고 싶지 않았다. 지금 생각하면 아쉽다. 결말까지는 볼걸.

야마구치 캇페이는 일본어 실력을 일취월장으로 늘려준 사람이다. 요즘은 어떻게 지내나 검색했더니, 여전히 낭랑한 목소리를 살려 본업을 하는 한편, 일본 전통 예능도 배우고 있고 여전히 연극도 한다고. SNS에 올라온 영상을 보며 오랜만에 목소리를 들었는데, 나이를 많이 먹었는데도 음색이 아름다웠다. 거의 탈덕했다고 생각했는데 다시 보고 들으니까 또 귀여웠다. 1965년생인 분에게 귀엽다고 하면 실례일까 싶지만, 원래 한번 귀여우면 죽을 때까지 귀여운 법이다.

그리운 마음에 SNS 계정을 팔로우하고 종종 올려주는 소소한 잡담과 일 관련 공지를 읽는다. 말도 잘 안 통하는 외국인 팬을 반갑게 대해줬던 그 밝은 에너지가 몇 줄 안 되는 글에서도 느껴진다. 역시 자기 일을 사랑하는 사람은 몇 살이 되어도 즐겁게 살아가는 것 같다. 내가 관심이 있을 때도 없을 때도 그는 자기 일을 하며 부지런히 살았겠지만, 내 눈으로 열심히 사는 모습을 보니까 괜히 뿌듯하다. 저 목소리를 오래오래 듣고 싶다.

나 그대에게

내 고3을 바치리

2019년 6월 29일 토요일 오후 7시. 나는 서울 강서구 화곡동에 있었다. 일본 록밴드 GLAY의 내한 콘서트를 보기 위해서. GLAY는 일본 내에서 탄탄한 마니아층을 보유한 4인조 록밴드이다. 1994년에 메이저로 데뷔해 2021년인 지금까지 꾸준히 활동 중이다. 1999년에는 홋카이도에서 20만 명의 유료 관객 동원이라는 어마어마한 기록을 남긴 대규모 콘서트를 열기도 했다. 이 시기가 GLAY의 최전성기였다. 코로나로 일본 전체가 'STAY HOME' 하는 동안에는 유튜브를 통해 공연 영상 등을 공개하며 성실하게 콘텐츠를 제공해주었다.

이들을 알게 된 것은 2000년, 고등학교 3학년 때였다. 하굣길에 아이돌 사진 등을 파는 가게가 한 곳 있었다. H.O.T.와 신화, 젝스키스, S.E.S., 핑클 등 시대를 풍미한 아이돌의 사진을 사려고 옹기종기 모인 고교생들. 나도 그중 하나로, H.O.T.와 신화의 사진이 목적이었다. 원하던 사진을 사고 가게를 둘러보다가 아이돌 전문 숍에 왜 있었는지 모를 GLAY의 사진을 보았다.

당시 인기였던 X Japan이나 L'Arc-en-Ciel 같은 일본의 비주얼 록밴드에도 관심이 없었는데, 그때 본 사진에는 왠지 끌렸다. 비교적 얌전한 비주얼이어서 그랬나 보다. 정작 관심이 간 것은 넷 중에서 가장 화려하게 꾸민 멤버렸다. 이럴 거면 본격 비주얼 밴드를 좋아해도 될 텐데.

아무튼 사장님에게 그 사람들이 누군지 물어, 집에 가자마자 대표곡을 찾아 들었다. 그 시절 대표곡이라면 'HOWEVER', '유혹(誘惑)', 'SOUL LOVE' 등이다. 처음에는 일본 음악이 좋아봤자 얼마나 좋겠느냐며 약간 삐딱하게 들었다. 그런데 한 곡 두 곡 듣다 보니 보컬의 허스키하고 날카로운 목소리에 마음이 흔들렸다. 오선지를 벗어나 고음에서 노는데도 귀에 쏙쏙 박히는 노래도 좋았다. 음악 소양이 부족해 노래의 특징이나 매력 포인트를 유창하게 설명할 순 없지만, 한마디로 내 취향이었다. 사랑에는 이성적인 이유가 없다. 뒤통수를 후려치고 지나간 것에 그럴싸한 이유를 나중에 가져다 붙여 당위성을 확보할 뿐이다.

그들의 음악에 빠진 나는 다시 말하지만 고등학교 3학년이었다. 고3의 본분은 뭐다? 수능 공부. 수험생이라는 이유로 성질을 부려도 어느 정도 용인되는 유일무이한 시기. 하필 그때 새로운 사랑에 빠졌다. 게다가 사랑을 어디 한번에 하나만 하는가. 아이돌도 사랑하고 만화와 책도 깨작거리느라 바빴으니 자연히 공부와 담을 쌓았다. 컵라면과 삼각김밥으로 저녁을 먹으며 한푼 두푼 모은 돈으로 가게 아저씨에게 부탁해 GLAY의 CD와 콘서트 비디오를 샀다. 나중에 알았는데 그때 산 것들은 복제품이었다. 하긴, 직수입 정품을 코 묻은 돈으로 살 수 있을 리가. 순진하게도 그때는 정품인 줄 알았다. 나이 든 후에 그때 샀던 CD들을 살펴보니 부클릿부터 복사해서 만든 티가 풀풀 났다. 아무리 뜯어봐도 가짜였다. 어렸다지만 왜 이걸 못 알아봤는지 의아하다.

GLAY도 오래 좋아했다. 특히 대학교 1학년 2학기 때가 대단했는데, 이때 GLAY의 리더와 보컬이 내한했다. 비즈니스 계약 때문에 왔겠지만 나야 평범한 팬이었으니 자세한 사항은 모른다. 내한한다니까 무작정 신이 나서, 같이 GLAY를 좋아했던 고등학교 친구와 공항에 마중을 갔다. 이때를 놓치면 다시는 못 볼 거라 생각했다.

많지는 않아도 팬들이 있었다. 그들 사이에 섞여서 오매불망 그들이 나오기를 기다렸는데, 의무경찰인지 공항 직원인지 모를 남자들이 대형을 갖춰 팬을 막았다. 리더와 보컬이 지나갈 수 있는 길을 내는 목적이었는데, 그들의 움직임에 맞춰 대형도 움직이는 바람에 팬들은 속수무책으로 밀렸다. 우당탕 밀리다가 내 뒤에 있던 여자분이 넘어졌고 나까지 그 위에 넘어질 뻔했다. 다행히 경찰이 잡아주어 넘어지진 않았는데 자칫 큰 사고가 날 뻔했다. 그냥 그 자리에 서서 지나가는 모습을 보며 손을 흔들고 싶었을 뿐인데 반강제로 밀리고 넘어져서 불쾌했다. 밀리느라 얼굴도 제대로 못 본 팬들은 속상해서 울었다. 나는 운 좋게 이름을 부르자 돌아봐줘서 정면으로 봤지만, 아무리 그래도 사람을 이렇게 대우하나 싶어 머리끝까지 화가 났다. 연예인 팬이 어떤 대접을 받는지 이때 처음 알았다. 그래도 화는 화, GLAY는 GLAY. 언제 또 보겠나 싶어서 그들이 묵는 호텔에도 찾아갔다.

마침 GLAY 멤버들은 내가 다니던 대학 근처에 있는 호텔에 묵었다. 이 또한 운명이니, 강의 하나 듣고 택시 타고 호텔에 가서 애타게 기다리고 다시 택시 타고 대학에 와서 강의 듣고 또 택시 타고 호텔에 가서 기다렸다. 어리고 철이 없었다. 사생과 무슨 차이가 있나 싶고. 이러니까 경찰이 떠밀고도 남겠다 싶은데, 그래도 역시 폭력은 옳지 않다. 아무튼 지금 못 보면 두 번 다신 못 볼 테니까 그렇게 해야 할 것 같았다. 친구와 같이 있어서 유난히 들뜬 면도 없잖아 있다. 죽치고 있었던 덕분에 가까이에서 얼굴을 보긴 했다. 지금은 피곤해서라도 안 할 짓이다.

리더와 보컬이 내한했으니 조만간 콘서트도 하지 않을까. 그런 기대감을 품었고 실제로 콘서트 이야기가 몇 번쯤 나왔으나 전부 성사되진 못했다. 거의 확정까지 간 콘서트가 북한에서 미사일을 쏘는 바람에 흐지부지 무산

됐을 때는 정말 속상해서 엉엉 울었다. 살아 있는 동안에는 우리나라에서 노래하는 모습을 볼 일은 없겠다고 체념했다.

워홀 중에 기쁘게도 콘서트에 갈 기회가 있었다. 일본 사이타마에서 열린 콘서트에 전 남친과 함께 갔다. 전 남친은 나의 덕질에 잘도 어울려줬다. 새삼 고맙다. 예매 사이트에 접속해서 티케팅을 하는 우리나라와 달리 일본의 티케팅 시스템은 보통 추첨식이다. 추첨이 안 되면 못 가고, 어떤 자리를 얻을지도 운이다. 우리 자리는 2층 오른쪽 사이드였다. 같은 값인데 사이드여서 아쉬웠지만, 10년 넘게 우울할 때마다 위로를 받았던 노래를 라이브로 들으니까 여기가 천국이었다. 보컬이 삑사리를 내거나 말거나 내게는 최고의 시간이었다. 게다가 가장 좋아하는 노래도 불러줬다. 그때 내 볼을 타고 흐르던 눈물에는 10년의 추억이 고스란히 고여 있었다. 아마도 처음이자 마지막일 GLAY의 콘서트. 그렇게 생각했기에 감회가 더 새로웠다.

내 마음대로 볼 일 없겠다고 작별한 GLAY가 2019년에 마침내 내한했다. 일본 가수의 콘서트는 유명하고 인기 있는 몇몇을 제외하고는 과반수가 일본에서 원정 오는 팬들로 채워진다. GLAY는 전성기 때도 우리나라에서 인지도가 없었고, 지금은 전성기를 지나도 한참 지난 아저씨들이다. 실제 콘서트장으로 걸어가며 본 사람들은 대부분 일본인이었다. 일본 콘서트를 무대만 한국으로 옮겨서 하는 기분이었다. 또 첫 내한 공연이다 보니 전성기 시절 히트곡 위주였다. 최신곡 무대도 있었으나, 내가 가장 좋아하는 2010년도 전후의 노래는 부르지 않았다. 이런저런 아쉬운 점이 있어도 아무렴 어떤가. 공연장에 한국인보다 일본인이 많았어도, 내가 좋아하는 노래를 부르지 않았어도, 불가능하리라 믿었던 내한 공연이 성사됐다. 그것만으로도 큰 의미가 있었다.

앞으로 GLAY가 또 내한 공연을 할 수 있을지는 모르겠다. 외국 투어 자체가 언제부터 가능할지 모르는 세상이 됐다. 그래도 이제는 '영원히 불가능할 거야.'라는 생각은 안 하기로 했다. 평생 못 보리라 생각했던 그들의 콘서트를 두 번이나 봤다. 한 번은 일본에서, 또 한 번은 한국에서. 몇 년 후, 한국도 일본도 아닌 어느 나라의 공연장에서 더 나이를 먹은 내가 더 나이를 먹은 GLAY를 보면서 함성을 지르고 있을지도 모른다. 살아 있다면 어떤 일이든 생길 수 있다. 그런 희망을 품고 살겠다.

내한 공연을 회상하면, 내 옆에 앉았던 한국인 여성 팬이 떠오른다. 그분은 오프닝부터 눈물을 펑펑 흘렸다. 하도 울어서 비교적 담담했던 나까지 눈시울이 촉촉해졌을 정도였다. 그분도 이 순간을 애타게 기다렸을 것이다. 이루어지지 않는 꿈이라고 포기했으면서도 혹시 모른다는 희망을 품고 살아왔을 것이다. 그 마음이 어깨를 통해 전해졌다. 말 한마디 나누지 않았지만, 그분의 눈물 어린 함성이 귓가를 맴돈다. 지금도 GLAY를 사랑하며 행복하게 지내시기를.

참고로 내가 꼽는 GLAY의 최고 명반은 2010년에 나온 「GLAY」라는 앨범이다. 국내 음악 스트리밍 사이트에서도 들을 수 있으니 추천한다. 의미 없는 틈새 영업이다.

감정 기복의 명약,

덕질

워홀 이야기를 조금 더 해보자. 2010년부터 2011년 중반까지 도쿄에서 살면서 동일본대지진을 겪었다. 아르바이트 중에 갑자기 세상이 흔들렸다. 먹은 게 부실해서 내가 어지러운 줄 알았는데, 천장에 달린 커다란 전등이 요란하게 흔들리고 손님들이 비명을 질렀다. 처음 겪는 지진이었다.

아르바이트하던 곳은 도시마구 이케부쿠로 근처였다. 살던 집은 이케부쿠로역에서 지하철로 네 역 떨어진 이타바시구 고타케무카이하라역 근처였다. 역에서부터 걸어서 15분, 자전거로는 한 5~6분쯤 걸렸다. 지진 당일에는 지하철이 운행을 안 해서 이케부쿠로에서 집까지 1시간 조금 넘게 걸어서 돌아갔다. 허름한 이층집에 살아서 건물이 무너졌으면 어떡하나 걱정했는데, 텔레비전 진열장에 올려놓은 인형이 떨어진 게 유일한 피해였다. 오래된 건물 1층이라 벌레가 많아서 끔찍했는데 이때는 낮은 층에 살아서 다행이다 싶었다.

바로 옆집에 집주인 할아버지가 살았는데 나이가 정말 많았다. 처음 입주하고 인사할 때, 그분이 하는 일어는 단 한마디도 알아듣지 못했다. 지금은 어떨지 모르겠는데, 그때는 외국인 세입자는 무조건 사절인 집주인이 많았다. 그렇게 나이 많은 할아버지가 나처럼 신용할 수 없는 외국인 처자를 어떻게 세입자로 들였나 싶다. 혹시 부동산에 속으셨을까.

워홀 비자를 얻었을 때부터 아르바이트는 무조건 이케부쿠로에서, 집도 그 근처에 얻기로 정했다. 한데 도쿄 23구 내의 집세가 그렇게 비싼 줄 몰랐다. 낡아빠진 집인데도 월세가 8만 엔이었다. 방 두 개에 부엌이 있고 화장실과 욕실이 분리된 구조긴 했어도 월세가 8만 엔이라니. 지금 환율로 82만 원 정도다. 처음 입주할 때 보증금과 비슷한 개념으로 월세 두 달분과 집에 살게 해줘서 고맙다는 의미로(이해할 수 없는 풍습이다) 역시 두 달분을 내야 했다. 부동산 직원이 교섭해서 둘 다 한 달분으로 줄이긴 했는데, 여전히 큰 지출이었다. 룸메이트와 반반 부담하긴 했지만 그 돈을 어떻게 내고 살았나 싶다.

사는 곳도 일하는 곳도 이케부쿠로 근처를 고집한 이유는 사실 별거 없다. 『동경 바빌론』에 배경으로 등장한 이케부쿠로 선샤인시티가 좋아서 그 근처에서 지내고 싶었다. 선샤인시티 수족관이 배경으로 잠깐 등장할 뿐인데도 내게는 도쿄의 상징 같았다. 아르바이트한 곳은 실제로 선샤인시티에서 2분 거리에 있었다. 당시 나는 선샤인시티라는 전등으로 하늘하늘 날아가는 부나방 같았다.

처음부터 선샤인시티 옆을 노린 건 아니다. 일본어

를 어느 정도 한다는 근거 없는 자신감이 있어서 아르바이트를 쉽게 구할 거라 생각했다. 하지만 이케부쿠로역 근처의 버거집과 패밀리레스토랑 아르바이트에 지원했다가 보기 좋게 떨어졌다. 집에서 1시간 넘게 걸리는 호텔 프런트 아르바이트에도 떨어졌다. 일을 구하는 게 생각보다 쉽지 않겠다 싶어 우울하던 차에 관심 가는 아르바이트 공고를 봤고, 면접을 보고 바로 합격했는데 그곳이 마침 선샤인시티 근처였다. 내가 일한 곳은 북오프라는 중고 서점이었다. 매장 이름도 북오프 이케부쿠로 선샤인60도리점이다. 그나저나 선샤인시티를 그렇게 자주 들락거렸는데 정작 중요한 수족관은 한 번도 안 갔다. 이럴 거면 왜 그쪽에서 살고 일했지?

애니메이션 관련 상품을 파는 애니메이트 이케부쿠로점이 가까워서 이케부쿠로에 집착한 면도 있다. 애니메이트는 꽤 자주 갔다. 한국에서 친구가 오면, 다른 곳은 몰라도 애니메이트는 꼭 가고 싶어 했다. 그 시절, 남자 오타쿠의 성지가 아키하바라라면 여자 오타쿠의 성지는 이케부쿠로라는 공식이 있었다. 실제 북오프에서 아르바이트를 하면서 애니메이트 가는 길을 묻는 한국인 여성 손님들을 종종 봤다. 애니메이트에 갈 때마다 BL물(만화, CD 등)을 열심히 샀다. 한국에서는 구하려면 배송료가 붙어서 가격이 쑥 올라가는데, 일본에서는 그냥 '아, 심심한데 애니메이트나 갈까?' 하고 훌쩍 가서 바코드에 찍히는 돈을 내고 사서 나오면 되니까 좋았다.

이때 새롭게 알게 된 성우가 많았다. 일본에 오기 전부터 좋아했던 성우들(야마구치 캇페이, 코야스 다케히토, 하야시바라 메구미 등)에 더해 새로운 성우를 대거 알게 됐다. 토리우미 코스케, 히라카와 다이스케, 키시오 다이스케 등 당시에는 '젊은 층'이라고 불렸던 성우들이다. 바로 이들이 내 일본어 선생님이었다. 일본어는 우리나라 말과 달리 남녀 차이가 있는 언어인데, 남자 성우들의 음성을 자주 들은 탓에 내 일본어는 약간 남자 같은 말투가 됐다. 아르바이트하면서 눈치껏 정중한 말투를 배운 덕분에 나중에는 예의 바름과 시건방 사이를 오가는 괴상한 말투가 됐는데, 그래도 성우 발음으로 귀를 샤워한 덕분인지 발음은 괜찮았다. 지금은 말은 안 한 지 오래라 좋았던 발음은 다 사라졌다. 회화도 어설플 것이다.

일본에서는 나름 바쁘게 살았다. 아르바이트도 하고 에이전시를 통해 들어오는 번역도 틈틈이 했고, 그 와중에 연애도 했다. 일본인과 연애한 덕분에 평생 재미를 못 붙일 줄 알았던 일본 드라마도 몇 편쯤 봤고, 책을 많이 만지는 일을 한 덕분에 여러 작가를 알게 됐다. 그때까지만 해도 훗날 그 작가들의 책을 번역하는 일이 생길 줄은 감히 상상도 못 했다. 희망 사항이긴 했지만.

일본에서 지내는 동안, 내가 좋아하는 작가, 성우, 가수와 같은 땅 위에서 같은 공기를 마시며 살았다고 생각하면 재미있다. 길을 걷다가 스쳤을지도 모른다고 생각하면 더. 좋아하는 일본 작가 마스다 미리가 도쿄로 올라와 산 지 10년 됐을 때의 나이가 내가 일본에서 살던 나이이다. 그 시절에 쓴 에세이 『그런 날도 있다』(북포레스트, 2020)와 『혼자 여행을 다녀왔습니다』(북포레스트, 2021)를 번역하면서 표현하기 어려운 감회를 느꼈다. 행복하다고 생각했다.

일본의 내 집에 이사하고 얼마 지나지 않은 밤, 밴쿠버 동계 올림픽 남자 피겨 프리 경기가 있었다. 김연아 선수 덕분에 전 국민이 피겨 팬이었던 시절이라 덩달아 열심히 봤다. 어려서 미셸 콴 선수가 행복하게 스케이트를 타는 모습을 보고 반한 이후로 텔레비전에서 하면 챙겨 보는 정도로 좋아하긴 했는데, 이 시기에는 영상을 찾아볼 정도로 관심이 있었다. 우리나라 선수는 당연하고 외국 선수들도 다 좋아했다. 일본 여자 선수를 좋아하면 욕먹을 분위기였지만, 안도 미키의 불굴 같은 이미지도 좋았고 스즈키 아키코의 아름다운 고난도 스텝도 사랑했다. 이탈리아 선수 카롤리나 코스트너에게서 물씬 풍기는 우아함도 좋았다. 이 시절에 활약했던 선수들은 남자 여자 할 것 없이 다 좋아하고 응원했다. 물론 팔은 안으로 굽으니까 김연아 선수의 활약이 제일 좋았다.

남자 선수는 우리나라 선수가 메달권이 아니었으니 마음 편하게 유명한 선수라면 다 응원했다. 특히 좋아했던 선수가 일본의 다카하시 다이스케. '힙합 백조'로 유명한 선수로, 밴쿠버 동계 올림픽에서 동메달을 땄다. 부상 때문에 전 시즌을 날리고 올림픽 시즌에 복귀했으니 원래 기량을 회복하진 못했다. 그래도 한 번 우당탕 넘어지고서도 환하게 웃으며 연기를 이어가고 마침내 동메달을 목에 건 모습을 보자 눈물이 핑 돌았다. 체구도 유난히 작은 사람이 그 순간 할 수 있는 전부를 퍼붓는 모습이 감동이었다. 피겨 선수처럼 혼자 전부 감당해야 하는 분야의 운동선수를 보면 압도된다. 메달을 따느냐 마느냐를 떠나, 선수의 국적을 떠나, 저 자리에 서기까지 얼마나 많은 땀과 눈물을 흘렸을지 생각하게 된다. 저런 게 바로 자기와의 싸움이지 싶다. 약간의 실수도, 흔들리는 마음도, 혼자 견뎌내야 하는 싸움.

앞으로도 1년은 타지에서 혼자(룸메이트가 있지만)

살아가야 하는 시점에 피겨에 빠졌던 건 참 다행이었다. 피겨 선수들이 온갖 부상과 열악한 환경을 딛고 자기 할 일을 열심히 하는 모습은 내게도 큰 힘이 됐다. 아르바이트도 좋은 곳으로 구하고, 에이전시에서 들어오는 일도 빼지 말고 열심히 하고, 일본어 공부와 독서도 틈틈이 하면서 타지 생활을 충실히 하겠다고 다짐했다.

안타깝게도 외부 자극을 받아서 하는 결심과 다짐의 유효기간은 길지 않다. **현생에 치이다 보면 노력하기보다 무능을 자책하는 쪽으로 도망치는 게 편하다. 스스로 만든 우울함에 빠져 괜히 센티멘털한 척을 한다. 그러다가도 좋아하는 작가의 책을 읽고 고대하던 콘서트에 가고 영화를 한 편 보면, 한 번 사는 인생 열심히 살고 싶어진다. 당연히 얼마 지나지 않아 또다시 땅굴을 파고 들어가지만, 그때도 좋아하는 것들로 동기 부여를 한다.** 일본에서 지내는 내내 이런 감정 기복을 반복하며 살았고, 지금도 이렇게 살고 있다. 덕질로 얻을 수 있는 가장 중요한 것이 이런 회복력일지도 모른다.

3

일상을 구원할 그 무엇?

그게 바로 덕질입니다

반지의 제왕,

완덕의 행복

기억하는 한 언제나 사랑했다. 하루 세끼 밥 먹듯이, 24시간 쉬지 않고 숨 쉬듯이 사랑하고 또 사랑했다. 사랑은 하면 할수록 더 깊어졌고 넓어졌다. 동시에 많은 것을 사랑하느라 두 손 두 발이 다 묶였어도 새로운 것을 만나면 어떻게든 자리를 만들어 움켜쥐었다. 마르지 않는 샘이 다른 곳이 아니라 내 가슴 안에 있었다.

만화를 사랑하고 캐릭터를 사랑하고 그 캐릭터를 연기한 성우를 사랑했다. 아이돌, 특히 그중 한 명을 목숨 바쳐 사랑하고 록밴드를 사랑하고 피겨 선수를 사랑했다. 소설을 사랑했고 번역을 사랑했다. 돌려받지 못할 사랑을 일방적으로 흩뿌리며 살았다. 그리고 영화와 드라마를 열병처럼 사랑했던 순간이 있다.

2001년 12월 말, J.R.R. 톨킨의 소설 『반지의 제왕』을 피터 잭슨 감독이 영화화한 「반지의 제왕」 시리즈의 첫 작품 「반지 원정대」가 개봉했다. 이 소설을 처음 알게 된 것은 중학생 때였다. 국어 선생님이 이 소설의 팬이었는지, 빌보의 생일파티를 준비하는 장면을 참고해 각자 생일파티를 주제로 소설을 써 오라는 숙제를 냈다. 도대체 얼마나 재미있기에 이런 귀찮은 숙제를 시키나 싶어서 대여점에서 책을 빌렸는데, 그때는 몇 장쯤 읽다가 지루해서 포기했다. 숙제는 해야 하니 생일파티 장면까지만 꾸역꾸역

읽었다.

나쁜 첫인상 이후 세월이 흘러, 친오빠나 친구들과 어울려 신나게 영화를 보고 놀러 다니던 대학 새내기 시절에 「반지의 제왕」 포스터를 봤다. 처음에는 시큰둥했다. 책을 너무 재미없게 읽어서 영화도 재미있어 보이지 않았다. 그런데 주변에서 하도 기대작이라며 바람을 넣으니 시간도 많은데 한번 볼까 싶은 생각이 들었다. 겨울방학이니 노는 게 할 일인 시기였다. 그때도 공부는 참 싫어했다.

원작 소설이 있는 영화는 가능하면 원작을 먼저 읽는 편이다. 그래서 한 번 포기했던 책을 다시 붙잡았는데, 몇 년 사이에 취향이 바뀌었을까? 그때는 지루했던 책이 이토록 재미있다니. 한창 책에 빠져 있을 때 친구들과 정동진에 일출을 보러 갔다. 기차를 타고 가면서도 읽고 도착해서도 읽었다. 여행 와서 책이나 읽는다고 핀잔을 들었다. 그만 읽고 자기들과 놀라는 소리였는데 눈치 없게도 재미있다며 읽어보라고 추천까지 했다.

책에 푹 빠진 상태로 2002년 1월 어느 날 영화를 보러 갔다. 세 시간이 넘는, 방광에 무자비한 러닝타임. 화장실 친화적인 사람이어서 중간에 한 번 나갔다 와야 하지 않을까 걱정했는데 웬걸, 영화가 시작하자마자 모든 것을 잊었다. 궁둥이 한 번 들썩이지 않았다. 샤이어의 목가적인 풍경, 화염에 휩싸여 흉흉한 사우론의 눈, 귀여운 호빗과 믿음직스러움을 인간화한 아라곤, 무엇보다 궁수의 대명사가 된 요정 왕자 레골라스. 아름다운 레골라스가 처음 클로즈업됐을 때 상영관에 감탄 어린 탄성이 잔잔히 퍼졌다. 소설을 먼저 읽은 탓에 처음에는 배우들이 성에 안 찼다. 머릿속에서 상상한 미를 살아 있는 인간으로 재현하기란 쉽지 않다. 그런데 레골라스는, 그 역할을 연기한 올랜도 블룸은 이 세상에 요정이 있다면 저렇게 생기지 않았을까 싶을 정도로 아름다웠다. 인간 세계에 놀러 온 요정을 잡아다가 연기시킨 게 아닐까? 레골라스 하나 때문에 영화에 빠진 건 아니나 지분이 상당했다.

영화에 홀딱 반해버린 나는 이후 몇 번이나 영화관을 찾았다. 영화 회전문을 돈 기념비적인 첫 작품이다. 화면 비율이 넓다는 상영관을 찾아 새벽같이 일어나 1시간 넘게 원정을 가 조조를 봤다. 「반지 원정대」를 보기 위한 조조 원정대였다. 지금은 영화 값이 비싸져서 볼 영화를 고르고 골라 큰맘 먹고 가야 하는데, 이때는 저렴했다. 통신사나 카드 할인이 많아 조조는 거의 공짜에 가깝게 볼 수 있었다. 그래서 더 열심히 회전문을 돌았다.

영화에 빠지면서 2차 패러디 창작물을 접했다. 촬영 일화 등을 보려고 인터넷을 뒤지다가 영화와 소설의 설정을 바탕으로 사람들이 각종 소설이나 그림을 올리는 사이트를 우연히 발견했다. 처음에는 이게 뭔가 싶었는데, 필력 뛰어난 사람들이 쓰고 그린 글과 만화를 읽으면서 미처 몰랐던 설정을 알게 되어 흥미로웠다. 종류도 다양했다. 4컷 개그 만화도 있었고 캐릭터들을 자기 취향대로 엮은 19금 소설도 있었다. 동인지를 찍어 우편 배송으로 판매도 했고, 요즘도 활발하게 개최되는 코믹월드에 부스를 내 참여하는 사람들도 있었다. 이때껏 접하지 못한 드넓은 세계였다.

스펀지가 물 빨아들이듯이 구경하다가 정신을 차리고 보니 나도 어느새 개인 홈페이지를 만들어서 패러디 소설을 쓰고 있었다. 지금은 홈페이지도 닫았고(주소도 까먹었다) 당시 교류하던 사람들과도 연락이 끊긴 지 오래다. 그때 썼던 글이나 설정을 정리한 자료도 역사 속으로 사라졌다. 이건 솔직히 다행이다. 지금 떠올려도 형편없는 글이었다. 어떻게 보면 흑역사인데, 이때만큼 적극적으로 생산하는 덕질을 한 적은 또 없다. 오류 없는 설정을 짜려고 각종 책은 물론이고 확장판 DVD까지 사서 몇 번이나 돌려보며 공부했으니까. 읽지도 못하면서 원서도 샀다. 아직도 단 한 장도 들춰보지 않은 상태로 책장에 꽂혀 있다. 공부를 이렇게 했으면 대학 간판이 달라졌겠다.

확장판은 기본 4시간 이상이어서 다 보려면 단단히 각오해야 하는데, 그 각오를 매우 잦은 빈도로 했다. 3편 다 합치면 6~70번 가까이 봤을 것이다. 2편인 「두 개의 탑」을 좋아하는 사람이 많은데, 나는 1편을 유독 좋아했다. 원정대가 모여 하나로 뭉쳤다가 뿔뿔이 흩어지는 과정이 아련하고 목가적이어서 지금도 「반지의 제왕」이라고 하면 1편이 떠오른다. 레골라스가 방패를 타고 계단을 내려오며 활을 쏘고, 고삐 잡고 빙글 돌아 말 타는 곡예를 벌이고, 거대한 코끼리를 해치우는 장면도 멋있지만 그래도 역시 1편이 최고다.

「반지의 제왕」 전 시대 이야기인 「호빗」 시리즈도 2012년부터 3년 동안 한 편씩 개봉했다. 중간계 6부작의 마지막 작품인 「다섯 군대 전투」는 혼자 보러 갔다. 2002년부터 쭉 좋아했던 장대한 시리즈의 마무리를 보며 여운에 젖고 싶었다. 「호빗」 시리즈는 원래 어린이용 동화 원작을 3부작으로 뻥튀기한 작품이라서 재미있는 부분도 있지만 별로인 부분도 많았다. 오리지널 캐릭터인 타우리엘이 너무 생뚱맞은 메리 수여서 적응이 안 됐다. 그런데도 마지막 엔딩 크레디트가 올라가는데 눈물이 났다. 「반지의 제왕」에서도 피핀 역을 맡은 빌리 보이드가 부른 엔딩곡을 들으며 캐릭터 스케치를 보는데 뭉클했다. 지금도 이 노래를 들으면 행복한 동시에 아련해진다.

「반지의 제왕」을 오래 좋아했어도 이 작품 하나만 판 것도 아니고 생산적인 덕질을 한 시기는 고작해야 2~3년 정도. 그런데도 내 안에서 한 시대가 조용히 막을 내리는 기분이었다. 완성도가 마음에 안 차더라도 이런 대작의 처음과 끝을 볼 수 있어서 영광이었다. 이런 기분이 완덕한 마음일지도 모르겠다.

이때까지만 해도 「반지의 제왕」만큼 나를 울고 웃기며 행복하게 할 작품은 없을 줄 알았다. 우리나라 영화 「왕의 남자」에 푹 빠져서 천만 관객에 이바지하기 위해 회전문을 돌았고, 이준기를 좋아해서 나답지 않게 드라마도 열심히 챙겨 봤다. 드라마 「개와 늑대의 시간」은 지금도 아낀다. 그래도 「반지의 제왕」처럼 사랑하진 않았다. 내 첫정과 끝정은 이미 다 퍼주어서 없다고 여겼다. 그런 줄 알았다. 지금은? 수많은 영화와 드라마를 보고 배우를 좋아하느라 정신이 없다. 뜨거웠던 사랑 하나가 아름답게 막을 내리자, 내 덕질의 샘은 잔잔하게 가라앉았다. 그런데 사실은 취향 저격하는 작품이 나타나면 보글보글 들끓으려고 벼르고 있었던 모양이다. 역시 덕질은 절대 속단해서는 안 된다. 언제 어떤 만남이 찾아올지 모른다니까.

여덟 번의 생일,

여덟 개의 케이크

합법적으로 케이크를 먹어도 되는 날이 있다. 케이크를 먹는 게 불법은 아니니까 합법적이라는 표현을 보충 설명하면, 케이크를 먹어도 양심의 가책을 느끼지 않는 날로서 내 내면의 법률에 어긋나지 않는 날이다. 깔끔하게 케이크 기념일이라고 하자. 내 케이크 기념일은 덕질과 밀접한 관련이 있다.

2월 19일, 3월 7일, 3월 24일, 3월 31일, 5월 14일, 5월 29일, 9월 15일, 11월 21일. 이 정도가 지금 챙기는 케이크 기념일이다. 지금 시점이어서 앞으로 더 추가되거나 빠질 수 있다.

2월 19일은 내 첫사랑 스메라기 스바루의 생일이자 아주아주 중요한 '내 생일'이다. 대외적으로는 내 생일이니까 내 돈을 주고 케이크를 사진 않는다. 케이크 선물 쿠폰을 받거나, 친오빠 부부와 조카가 케이크를 사 와서 '생일 축하합니다' 노래를 부른다. 그때면 혼자 속으로 스바루에게 생일 축하한다는 염원을 보낸다.

3월 24일과 5월 29일은 각각 신화 데뷔일과 신화의 상표권을 되찾은 신복절(신화와 광복절을 합성한 말)이다. 즉, 신화 기념일이어서 신창들의 축제날이다. 신화창조의 인스타그램이나 트위터를 보면 이날 축하 파티를 하는 사람을 많이 볼 수 있다. 파티까진 아니더라도 다들 이것저것 챙겨 먹는다. 먹기 위한 핑계의 날인 셈이다. 매년 3월에 콘서트가 있었던 몇 년 전에는 신창들의 들뜬 분위기를 현장에서 바로바로 느낄 수 있었다. 지금은 못 느끼니 아쉽다.

11월 21일은 내 1년 중 가장 의미 있는 날, 김동완의 생일 뎅탄절이다. 엄마 생일보다 더 의미 있는 날이라고 말하면 불효자식 소리를 들으려나. 나머지 3월 7일과 31일, 5월 14일과 9월 15일은 내 최애 배우들의 생일이다. 그들이 이 세상에 태어나줘서, 연기자가 되어 내 눈에 들어와서 고맙다는 마음을 담아 생일을 챙긴다. 돈이 없거나 마감을 앞두고 바빠서 밖에 나갈 시간이 없을 때는 마음으로 챙긴다. 3단짜리 케이크를 사서 성대하게, 마음으로만. 이번에는 배우 덕질 이야기를 해보려 한다.

배우를 본격적으로 덕질한 역사는 짧다. 영화나 드라마의 덕후는 아니었으니 자연히 배우도 잘 몰랐다. 「반지의 제왕」과 「호빗」 시리즈를 2차 창작물까지 쓰면서 덕질했으면서 덕후는 아니라고 하면 한 입으로 두말하는 것 같은데, 한두 작품을 끔찍하게 사랑해서 물고 빨며 회전문을 돌았을 뿐이다. 영화 평론가처럼 1년에 영화를 몇 백 편 보진 않았다. 친오빠가 한때 영화 제작이 꿈이었을 정도로 영화를 좋아했다. 오빠는 다양한 장르의 영화를 봤고 포스터도 열심히 모았다. 꿈을 담아 덕질하던 사람이 가까이 있었으니 나처럼 조금 깨작거리는 정도는 취미 범주에도 안 들어간다고 생각했다. 다들 열광해서 보던 미드나 영드에도 대체로 시큰둥했다. 가끔 한두 개를 보는 정도였다.

영상물을 끈기 있게 보기가 힘들었다. 영화보다 드라마가 더 버겁다. 영화는 아무리 길어도 4시간이면 끝나니까 괜찮은데, 드라마는 회차가 어마어마해서 부담스러웠다. 특히 인기 있는 미드는 질질 늘리니 더 그랬다. 진득함이 부족한 나란 인간은 길고 긴 드라마를 보기 힘들었 '었'다. 지금은? 아주 잘 본다. 꽂혔다 싶으면 하루에 몇 편씩 후다닥 해치운다. 시즌 더 내놓으라고 난동을 부린다. 여전히 덕후라고 하기엔 부족해도 최소한 취미 영역까지는 들어왔다고 해도 될 것 같다. 사실 드라마보다는 배우 덕질에 집중한다. 나는 스토리나 영상미보다 캐릭터나 사람에 빠지는 편이다.

영상물에 재미를 느끼고 배우 덕질을 시작한 것은 OTT 서비스 때문이다. OTT의 대표 주자라면 역시 넷플릭스다. 오리지널 시리즈를 장점으로 내세우는데, 단점은 툭 하면 시리즈를 '캔슬'시킨다는 것이다. 시즌 1에서 차곡차곡 이야기를 쌓아가서 시즌 2를 목 빠지게 기다린 드라마가 있는데 캔슬됐다. 허무해라, 내 드라마를 내놔라. 오리지널 드라마는 괜찮은 것도 있는데 영화는 만듦새가 엉성하다는 점도 단점이다. 초반에는 꽤 괜찮다가 이도 저도 아니게 끝나는 작품도 많다. 그래도 재작년부터 넷플릭스를 꾸준히 결제하고 있다. 처음 결제했을 때는 매일 접속해서 영화와 드라마를 게걸스럽게 봤다. 과학 발전의 긍정적인 면이라고 감탄했다. 한 달에 일정한 금액을 내면, 도대체 몇 편을 보유하고 있는지 짐작도 안 가는 드라마나 영화를 무한정 볼 수 있다니.

예전에는 보고 싶은 콘텐츠가 있어도 판매하는 곳이 잘 없었고 찾기도 어려웠다. 자막도 없고 지역 코드도 안 맞는 DVD를 구하거나, 어둠의 경로를 이용하거나, 둘 다 싫으면 포기해야 했다. 돈이 있어도 못 보는 상황이었는데, 이제 마음껏 소비할 수 있다니 이 얼마나 좋은 세상인가. 시간과 건강과 인간다운 삶을 다소 포기하면, 몇 시즌이나 되는 미드나 영드도 한자리에 앉아 정주행할 수 있다.

「굿 플레이스」, 「모던 패밀리」, 「그레이스 앤 프랭키」, 「기묘한 이야기」, 「엄브렐러 아카데미」, 「더크 젠틀리의 전체론적 탐정 사무소」, 「피키 블라인더스」 등 이때껏 존재하는 줄도 몰랐던 드라마를 보느라 시간 가는 줄 몰랐다.

「워킹데드」를 봤을 때는 일주일쯤 일이고 뭐고 다 팽개치고 드라마만 봤다. 시즌 1이 2010년에 방영됐으니 장수 드라마다. 우리나라에서도 좀비 열풍을 일으키며 인기를 끌었는데, 남들 다 보는 건 괜히 튕기고 싶은 나는 안 봤다. 애초에 좀비물이 별로다. 좀비는 징그럽고 더럽다. 사랑에 빠진 좀비가 나왔을 때도 그냥 인간과 사랑하면 안 되냐고 툴툴댔다.

그로부터 몇 년이 지나 그 좀비 드라마를 하루에 몇 편씩 보며 "글렌(스티븐 연이 연기한 인기 캐릭터) 최고!"를 외칠 줄 누가 알았겠나. 진지하게 글렌은 최고다. 뿌리 깊은 인종차별에도 불구하고 인기 드라마의 인기 캐릭터였으니까. 글렌 아니었으면 나도 꾸준히 안 봤을 것이다. 지금 넷플릭스는 한 달에 서너 번 접속하면 많이 접속하는 정도여서 돈이 아까운데, 기다리는 오리지널 드라마가 몇 편 예정되어 있어서 당분간은 못 끊는다. 다 보면 끊어주지, 후후.

「워킹데드」와 비슷하게 싫다고 학을 떼다가 뒤늦게 몰아 본 드라마가 하나 더 있다. 「슈퍼 내추럴」이라는 호러 액션 퇴마 막장(?) 드라마다. 이건 더 오래된 드라마여서, 2005년에 시작해 2020년에 시즌 15로 대장정이 끝났다. 이 드라마는 한국 넷플릭스가 아니라 다른 OTT에서 서비스한다. 이 드라마를 볼 때는, 새벽 4시까지 드라마를 보고 아침 8시에 일어나서 번역하는 생활을 몇 주쯤 했다. 그랬더니 몸이 실시간으로 망가지는 게 느껴졌다. 시즌이 많은 드라마에 빠지면 이래서 문제다. 앞뒤 분간 못 하고 달려들어서 몸을 망친다.

이 드라마 역시 많은 미드처럼 갈수록 뱀 꼬리가 됐으나, 천사와 악마가 인간 몸을 빌린다는 설정도 재미있고 제작비가 부족해서인지 B급 느낌 나는 투박함도 재미있었다. 무엇보다 두 배우의 얼굴을 보면 왜 정신없이 볼 수밖에 없었는지 이해할 것이다. 특히 형인 딘 윈체스터 역을 맡은 배우 얼굴이 정말 대단했다. 밤송이처럼 깎아놓은 머리로도 예쁠 수 있다니. 내 기준에 키가 너무 커서 덕질 망태기에 넣기에는 부담스러웠지만, 얼굴 하나는 맛집이었다.

한데 내게는 드라마 정주행보다 더 위험한 덕질이 있었으니, 바로 배우에 꽂히는 것이다. 배우 하나가 눈에 들어오면 '필모 깨기'를 시작한다. 구할 수 있는 필모라면 영화든 드라마든 다큐멘터리든 닥치는 대로 본다. 잔인하거나 노출이 많거나 섹스 장면이 나와도 상관없다. 성에 찰 때까지 보고 또 보며 역시나 기쁘게 건강을 망친다.

이 잔혹한 필모 깨기의 시작점이 된 배우는 톰 하디다. 케이크 기념일 중 9월 15일이 그의 생일이다. 넷플릭스에서 크리스토퍼 놀란 감독의 영화 「인셉션」을 봤다. 이미

한 번 본 영화여서 시간이나 때울 겸 틀었는데 새삼스럽게 재미있었다. 하나에 재미를 느끼면 한동안 반복해서 보니까 「인셉션」도 며칠간 너덧 번을 돌려 봤는데, 문득 임스 역의 톰 하디에게 시선이 갔다. 당연히 알던 배우다. 놀란의 배트맨 3부작을 좋아해서 베인으로 나온 「다크나이트 라이즈」도 영화관에서 봤고, 액션 히어로물은 대체로 챙겨보니까 에디 브룩으로 나온 「베놈」도 봤다. 이때는 재미있는 영화에 나온, 키는 작은데 덩치 있는 잘생긴 배우 정도로만 인식했다. 그런데 요모조모 뜯어보니 이 배우, 생각보다 괜찮았다. 사소한 제스처 하나하나 그 캐릭터의 옷을 입은 것 같아서 멋있었다.

임스로 시작해 하나둘 필모를 찾아보기 시작했다. IMDb(영화와 드라마, 배우에 관한 정보를 제공하는 온라인 데이터베이스) 기준 'Actor' 활동에 등록된 톰 하디의 필모는 현재 58건이다. 이 정도 필모가 많은 편인지 적은 편인지는 잘 모르겠다. 아직 개봉 전이거나 촬영 중이거나 예정작도 건수에 포함인 것 같다. 이 중에서 돈 주고 구할 수 있는 필모는 최대한 찾아서 봤다. 예전 작품, 특히 영국 작품을 서비스해주는 곳을 찾기 힘들어서 못 본 게 더 많아 슬프다. 그래도 첫 필모 깨기로 좋은 시작이었다. 추천하는 작품은, 영화로는 「매드맥스: 분노의 도로」, 「워리어」, 「덩케르크」, 「로크」이고 드라마로는 조연으로 나온 「피키 블라인더스」다.

케이크 기념일 3월 7일과 5월 14일의 주인공은 배우 레이첼 와이즈와 케이트 블란쳇이다. 레이첼 와이즈는 어려서 영화 「미이라」를 보고 홀딱 반한 이래 꾸준히 좋아하는 배우이다. 지금도 내 눈에는 미모 피라미드 꼭대기에 군림한 분이다. 금연 권장 영화로 유명한 「콘스탄틴」과 올리비아 콜맨, 엠마 스톤과 열연한 「더 페이버릿: 여왕의 여자」를 추천한다. 전자는 내용을 다 알고 봐도 볼 때마다 재미있는 신기한 퇴마 영화이고, 후자는 숨 막히는 연기를 보다 보면 2시간이 순식간에 흘러간다.

케이트 블란쳇은 「반지의 제왕」의 갈라드리엘로 처음 알게 됐다. 레골라스와 함께 나를 중간계 세계로 초대한 죄 많은 배우다. 「캐롤」에서 루니 마라와 함께 찬란한 성장과 사랑을 보여주는 모습에 감탄했고, 「신데렐라」에서는 계모와 사랑에 빠질 뻔했다. 이 배우에게서는 최애라는 귀여운 단어를 쓰면 안 될 것 같은 분위기가 느껴진다. 제왕의 아우라라고 해야 할까. 케이트 블란쳇이 지배하는 세상에서 살고 싶다. 나를 지배해주세요!

마지막 남은 케이크 기념일 3월 31일은 이완 맥그리거의 생일이다. 가장 최근 좋아하게 된 배우여서 지금 진행 중인 모든 덕질 중 실시간 온도가 가장 뜨겁다. 그만큼

금방 식을 가능성도 있는데, 생일을 챙길 만큼은 사랑한다. 2021년 3월 31일, 이완 맥그리거의 생일에 A 언니와 함께 카페에 갔다. 내 생일 때 친구가 선물해준 기프트콘으로 케이크를 사서, 내 폰으로는 그의 필모 중 가장 좋아하는 캐릭터 사진을 띄워놓고 언니의 폰으로 각도와 조명을 따져가며 사진을 찍었다. 평일 낮이어서 어르신들이 대부분인 카페에서 사진을 찍고 까르르 웃었다. 언니는 이렇게 좋아하는 감정을 표현하는 게 재미있다면서 나를 귀여워했다.

사실 케이크는 내가 먹는 거니까 남의 생일을 챙긴다는 핑계로 내 입과 위장을 챙기는 거긴 하다. 기념일에 먹는 케이크는 살도 안 찔 것 같고 영양분이 넘칠 것 같다. 내 피를 생산하고 내 덕심을 더 풍성하게 만들어서 건강하고 활력 넘치는 덕생을 살게 해줄 것 같다. 당연히 착각이고 배에 차곡차곡 지방이 크레이프처럼 쌓이겠지. 그래도 생일을 챙길 때마다 내 감정에 솔직하게 옳은 일을 하는 기분이다. 어디까지나 기분만은.

인생 음식, 인생 영화, 인생 배우

...... 인생 땡땡땡

20대 때 도쿄에 여행 갔을 때 게스트하우스에서 재미있는 사람을 만났다. 1년에 몇 차례나 일본을 찾는 일본 여행 전문가이자 덕후였는데, 여행을 올 때마다 한 가지 테마를 세운다고 했다. 박물관 순례, 미술관 순례, 신사나 절 순례, 놀이공원 순례 같은 식으로 오직 한 가지 목표를 위해 여행한다고. 나와 만났을 때는 각종 편의점 음식을 제패하는 순례를 하는 중이었다. 여행가는 편의점 도시락과 함께 사 온 빵을 나눠줬다. 고작 100엔짜리였는데 입 안에서 살살 녹았다.

여행가와의 만남이 인상적이었나 보다. 특히 그때 먹은 빵이 기억에 남았는지, 워홀 중에 나도 편의점 단골이 됐다. 집에서 마트가 가까웠는데도 편의점이 좋았다. 편의점 음식 중 제일 먼저 꽂힌 것은 소바 도시락이었다. 한 달 넘게 하루 한 끼는 소바 도시락으로 해결했다. 아침에 편의점에 들러 소바를 사고 봉지를 달랑거리며 아르바이트를 하러 갔다. 쉬는 날에도 집 앞 편의점에 가서 소바를 사 왔다. 열 걸음만 걸어가면 편의점이 있었는데, 하필이면 내가 제일 좋아하는 소바를 파는 곳이지 뭔가.

소바 다음으로는 오크라와 마 같은 끈적끈적한 재료로만 만든 샐러드에 혀가 녹았다. 이것만으로는 한 끼가 안 되니 연어알 김밥이나 낫또 김밥과 함께 먹었다. 대충 두 달쯤 이걸 먹으며 연명했다.

워홀 초반에는 자취에 힘썼다. 목돈까진 아니더라도 뭉칫돈을 만들어 귀국하고 싶어서 생전 처음 쌀을 씻어 밥도 했다. 그러나 편의점 음식의 강렬한 맛 앞에 절약 정신은 속수무책으로 무너졌다. 자취는 무슨, 건강과 돈을 버리면 이토록 편하게 살 수 있는데. 도쿄가 그립진 않은데, 딱 하나 아쉬운 것이 편의점 음식들이다. 크리스마스에 큰맘 먹고 갔던 프랑스 레스토랑보다도, 신주쿠 뒷골목의 다코야키 노점보다도, 면발에 감탄이 나왔던 우동 전문점보다도, 편의점 음식이 그립다. 내 도쿄 소울푸드는 편의점 음식인가 보다.

내게 소울푸드란, 과거 어느 한 지점을 추억하게 하고 그로 인해 살아갈 힘을 주며 영혼에 의미를 새겨주는 음식이다. 인생 영화나 인생 드라마나 인생 노래나 인생 아이돌 같은 각종 인생 땡땡땡도 같은 의미로 받아들인다. 어느 순간 내 안을 촉촉이 적셔, 이것을 알기 전과는 다른 나로 만들어주는 것들, 뻐근한 만족감을 주는 것들, 사랑스러운 것들 말이다.

지금 나의 인생 영화는 「비기너스」와 「필립 모리스」다.

먼저 「비기너스」. 시한부 선고를 받고 솔직하게 살

다 떠나겠다고 커밍아웃한 아버지의 떠들썩하고 안타까우면서도 훈훈한 마지막을 지켜본 일러스트 작가 올리버. 그는 자유로워 보이는 배우 안나를 만나 사랑에 빠진다. 함께하는 삶이 행복해 보이지 않았던 부모님에 대한 기억, 자기만의 그림 스타일이 받아들여지지 않는 현실. 이때껏 제대로 된 애착 관계를 맺지 못했던 올리버는 안나를 사랑함으로써 인생이 달라질지도 모른다는 생각에 겁먹는다. 결국 안나를 밀어내 상처를 주는데, 상처를 준 것에 또 괴로워한다. 그러다가 자신의 마음을 마주할 용기를 내 안나에게 달려간다.

나이를 먹은 어른이어도, 아니 어쩌면 관성에 젖은 어른이기에 새롭게 시작하는 것은 매번 두렵다. 지금까지 쌓아온 것이 우르르 무너질지 모르니 선뜻 나서기도 어렵다. 관계는 마음대로 되지 않는 면이 많으니 더 조심스럽다. 이 영화는 그래도 변화를 무조건 거부하고 한곳에 웅크리고 있지 말고, 조금 용기를 짜내 걸음을 옮겨보자는 희망을 말한다.

영화에서 다루지 않은 후일담에서 올리버와 안나는 대판 싸우고 헤어질 수도 있다. 일주일도 못 가 파국을 맞을 수도 있지만, 용기를 내기 전과 후는 분명 달라졌을 것이다. 사전정보 없이 본 영화인데, 시종일관 잔잔해서 초반에는 살짝 지루했다. 그런데 신기하게도 그만 봐야겠다는 생각은 안 들었다. 영상을 볼 때면 보통 뜨개질을 하는데, 어느 순간 뜨개질도 잊고 화면을 들여다봤다. 삶에 지쳐서 무미건조한 올리버에 내 모습이 겹쳤다. 그가 마침내 바뀌려고 결심한 순간, 방에서 멍하니 영상만 보고 있는 나도 어쩌면 바뀔 수 있다는 아련한 희망을 품었다.

「필립 모리스」는 로맨스 코미디다. 남편이자 아빠이자 경찰관이었던 스티븐은 클로짓 게이(성 정체성을 감추고 사는 게이)였다. 생모에게 버림받은 충격과 교통사고로 죽다 살아난 경험을 한 후, 원하는 대로 살자고 커밍아웃해 화려한 게이 라이프를 즐기는데, 돈을 벌려고 각종 사기를 치다가 감옥에 들어간다. 그곳에서 운명의 상대인 필립을 만나 첫눈에 반한다. 석방된 스티븐은 능력 있는 변호사, 사업가 등으로 분하며 필립을 행복하게 해주려고 노력한다. 하지만 꼬리가 길면 잡히는 법, 스티븐은 다시 감옥에 가게 되고 그때부터 필립을 만나기 위해 기상천외한 방법으로 탈옥을 시도한다.

놀랍게도 실화를 바탕으로 만든 영화라고 한다. 실제 사건은 스토킹이나 마찬가지인 범죄 행각이지만, 영화는 가볍고 유쾌하다. 영화만 보면 이런 세기의 사랑은 또 없겠다 싶다. 좀 민폐에다 다소 일방적인 사랑이긴 한데,

필립을 보면 스티브의 심정이 이해된다. 보고 있자면 끌어안아 터트리고 싶을 만큼 사랑스럽다. 사랑스러움이 인간화한다면 필립이지 않을까. 필립을 보기 위해서라면 나라도 탈옥했을 것이다. 스티브처럼 똑똑하지 않으니까 감옥 밖으로 한 발짝도 못 나왔겠지만.

이 영화를 보면 행복해진다. 특히 필립이 처음 등장해서 스티브과 만나는 장면을 보면 광대가 치솟는다. 우울하거나 일하기 싫을 때면 이 영화를 틀고 딱 저 장면까지 본다. 그러면 시야가 밝아지고 세상이 파스텔톤으로 물들며 가슴이 몽글몽글해진다. 세상에서 가장 즐겁고 행복한 사람이 된 기분이다. 보는 사람을 이토록 행복하게 하는 영화라니, 제작자에게 감사하고 싶을 정도다.

전자는 다시 보면 처음 봤을 때의 감정을 잊을까 봐 큰 결심이 필요하고 후자는 너무 좋아서 생각날 때마다 다시 본다. 접근법은 다르지만 두 영화 다 내 삶에 좋은 영향을 미쳤다. 「비기너스」 덕분에 두려워도 새로운 시도를 해보자는 생각을 하게 됐다. 겁이 많아서 제안이 오면 거절할 방법부터 생각하는 버릇이 있는데, 바로 쳐내지 말고 잘 생각해보기로 마음먹었다. 물론 생각한 후에도 안 되겠으면 무리하진 않는다. 무작정 다 받아들였다가 사고라도 나면 큰일이니까. 그래도 단순히 두렵고 귀찮아서 안 하려고 했던 행동들, 예를 들어 여행을 가거나 호캉스를 가거나 뭔가 새롭게 배우는 것을 긍정적으로 여기게 됐다.

「필립 모리스」는 거의 100퍼센트 확률로 나를 무조건 행복하고 의욕 넘치게 해준다는 점에서 존재 가치가 있다. 로맨스에 코미디, 극혐한다고 극단적으로 표현해도 좋을 정도로 거리가 먼 장르여서 재생 버튼을 누르면서도 살짝 삐딱했는데, 이런 선입견을 보기 좋게 후려쳐줬다.

이 두 영화에는 이완 맥그리거라는 공통점이 있다. 그는 「트레인스포팅」과 「스타워즈」 시리즈의 오비완 케노비로 유명한 영국 출신(정확히는 스코틀랜드) 배우다. IMDb 'Actor' 활동에 등록된 건수만 해도 91건이다. 다큐멘터리도 많이 찍었다. 뒤늦게 팬이 된 나는 30년 가깝게 쌓아온 흔적을 따라가기 벅차다. 그의 필모를 깨려고 각종 OTT를 결제했다.

필모 깨기의 시발점은 영화 「스타워즈」였다. 이 시리즈 자체에는 관심이 없는데, 「오비완 케노비」 드라마가 제작된다는 소식을 접해서 어디 한번 봐볼까 하는 마음으로 보기 시작했다. 디즈니 플러스가 우리나라에 들어오면 최소 몇 달간은 볼 텐데, 마블 영화와 드라마만 보기에는 돈이 아까우니 새로운 콘텐츠도 알아두려는 단순한 생각이었다. 아름다운 나탈리 포트만도 보고 싶었고. 쉽게 생각한 영화 감상의 결과, 오비완 케노비의 손에 이끌려 끔찍하도록 달콤한 필모의 지옥에 자진해서 들어갔다.

　「스타워즈」를 본 다음에 「필립 모리스」를 본 것도 실수였고, 그다음으로 「비기너스」를 본 것이 명치를 찌르는 한방이었다. 두 편 연속 취향에 대고 기관총을 쐈으니 어떻게 사랑에 안 빠지고 버티겠는가. 「빅 피쉬」나 「물랑 루즈」 같은 유명한 작품으로 이미 얼굴도장을 찍었던 배우인 것도 치명적이었다. 인생 영화로 등극한 저 두 편뿐 아니라 다른 영화들도 보는 족족 마음에 들었다. 무엇보다 얼굴! 잘생겼다. 입을 활짝 벌려 웃는 미소가 귀엽다. 키도 내 기준에 크긴 해도 부담스럽진 않아서 마음에 들었다. 잠깐 다른 이야기인데, 나는 키 큰 남자를 그다지 좋아하지 않는다. 마음의 안정을 주는 귀여운 키가 좋다. 여자는 우아하고 멋있는 사람을, 남자는 귀여운 사람을 좋아한다. 키보다는 얼굴이 더 중요하다만.

　이완 맥그리거의 다양한 면이 마음에 들자, 영화가 정말로 좋은 건지 배우가 좋으니까 좋아 보이는 건지 구분하지 못할 지경에 이르렀다. 그렇게 필모의 늪에서 허우적거리다가 정신을 차리자 카페에서 생일을 챙기고 있었다. 이토록 사랑에 쉽게 빠지다니. 어쩌겠나. 부럽다 못해 탐날 정도로 필모가 대단하고, '이 사람이 이 사람이었어?'라고 놀랄 정도로 작품마다 전혀 다른 모습을 완벽하게 연기해내는 것을. 본업 잘하는 사람에게 약하고 외모가 귀여운 사람에게 약한 나는 흐물흐물 문어가 될 수밖에.

　　필모 깨기와 그때그때 주제를 정해서 하는 여행은 결이 비슷하다. 한 가지 대상을 자세히 알고 싶어서 어떤 가닥을 잡고 더듬어가는 것이니까. 내심 부러워했던 여행 방식을 나는 다른 덕질에서 잘 활용하고 있었다. 이렇게 생각하니 내 덕질 방식이 은근 뿌듯하다.

이왕이면

선한 영향력

최근 기부를 새로 시작했다. 20년 넘게 후원해오던 곳이 있는데, 한 곳을 더 늘렸다. 꽤 전부터 한 곳 더 하고 싶었는데 수입이 불규칙해서 선뜻 마음을 내기 어려웠다. 대단한 금액은 아니라도 부담이 전혀 안 되는 금액은 또 아니다. 일이 두어 달 끊기면 수입은 심하게는 대여섯 달 가까이 제로일 수 있다. 수입이 없어도 살 수 있게 생활비에 더해 기부용으로 일정 금액을 빼두는데, 기부처를 한 곳 늘리면 기부용 금액을 두 배로 증액해야 하니 쉬운 일이 아니다. 어느 정도 돈이 모이면 해야지, 언젠가는 모이겠지 하며 계속 미뤘는데 '언젠가'가 영원히 오지 않을지도 모른다는 생각이 들었다. 미적미적 생각만 하다가는 될 일이 총 열 개라면 그중 세 개도 못 이룬다.

기부를 늘린 계기는 덕질 때문이다. 몇 달 전, 마감이 당장 다음 주이고 할 일은 산더미처럼 쌓였는데 그날따라 유독 책상 앞에 앉기 싫었다. 오늘 일을 안 하면 내일의 내가 가시밭을 구를 것을 알지만, 내일의 나는 오늘의 내가 아니니까 고생을 미루고 싶은 그런 날이었다. 마침 엄마가 외출 중이어서 평소에는 채널권이 없어 보지 않는 텔레비전이 눈에 들어왔다. 텔레비전 앞에 앉아 채널을 이리저리 돌렸다. 텔레비전과 담쌓은 지 몇 년째라 뭐가 재미있는지도 모른다. 낮이어서 그런지 전부 시시해 보였다.

문득 올레 TV의 검색 서비스에 큰 기대 없이 '이완 맥그리거'를 입력했다. 그랬더니 「이완 맥그리거: 콜드 체인 미션」이라는 생소한 다큐멘터리가 나왔다. 오지에 사는 소외된 어린이들을 직접 찾아가 유니세프의 백신을 전달해주는 여정을 담은 다큐멘터리로, 총 두 편짜리여서 그리 길지 않았다. 일하기는 죽어도 싫은데 영화를 보며 놀기에는 왠지 양심이 켕겼다. 마감 기간이란 게 원래 대놓고 놀면 뭔가 소화 안 된 기분이 들게 한다. 다큐멘터리는 그나마 양심이 덜 켕길 것 같았다. 영화나 다큐멘터리나 보는 시간만큼 일 안 하는 건 똑같은데 기분상 그랬다. 영화는 덕질 같은데 다큐멘터리는 세상 공부하는 것 같달까? 물론 이것도 덕질 목적으로 본 거다.

1편은 인도와 파키스탄, 2편은 중앙아프리카의 아이들을 찾아갔다. 처음에는 '오오, 몇 년 전이람. 젊은 이완이다. 잘생겼다, 귀엽다.'라고 감탄하면서, 또 '으악, 나는 절대 저런 데 못 가. 고생하기 싫어, 벌레 싫어.'라고 질겁하면서 봤는데 점차 다큐멘터리가 하려는 말에 집중하게 됐다.

길이 나지 않아 배를 타고 강을 거슬러 올라가거나 짐을 메고 몇 시간이나 산길을 걸어가야만 하는 오지. 나보고 살라고 하면 절대 못 살 그런 곳에 사람들이 살았고,

아이들이 있었다. 위생적이지 못한 곳에서 사는 아이들은 당연히 각종 질병에 취약하다. 유니세프에서 가져가는 백신 한두 방울이 질병에서 아이들을 지켜줬다. 죽지 않고 살아남아 미래를 꿈꿀 기회를 줬다. 고작해야 손가락보다도 작은 백신 한 병이 눈부신 희망이었다. 그 의미가 와 닿았다. 말도 잘 안 통하는 낯선 사람들과 어울리며 웃고, 그들이 사는 이야기에 귀를 기울이고 헤어짐을 아쉬워하며 우는 이완 맥그리거가 얼마나 수려해 보였는지 모른다.

그는 오래전부터 유니세프 친선 대사로 활동해왔다. 친구와 BMW 모터사이클을 타고 영국에서 출발해 유라시아를 거쳐 뉴욕까지 가는 여행 중에도 유니세프 관련 활동을 했다. 이 이야기는 『이완 맥그리거의 레알 바이크』라는 책으로도 나왔고(현재 절판됐지만 우리에게는 도서관이 있다. 나도 도서관에서 빌려 읽었다), 다큐멘터리로도 제작됐다.

총 세 번 여행을 다녀와서 다큐멘터리도 총 세 편이다. 이런 활동을 통해 아이들이나 환경 보호에 관심 있는 사람인 줄은 이미 알았으나, 단순히 덕질용 지식이었다. 돈 많이 버는 유명한 사람이라서 저런 활동도 세계 규모로 하는구나 이 정도로 생각하고 말았는데, 이 다큐멘터리가 내 마음 어딘가를 건드렸다. 움직이게 했다. 그래, 그만 미적거리고 해야겠다! 곧바로 여기저기 알아보고 따져보고 고민한 끝에 죄책감을 강요하는 느낌이 적고 믿을 만하겠다고 판단한 기부처에 후원을 시작했다.

원래 기부하던 곳은 아직 학생일 때 엄마가 가족 후원자로 기부를 시작한 곳이다. 내 기부금은 꽤 오랫동안 엄마가 냈다. 친오빠가 취직하고 기부금을 따로 분리해 증액하는 걸 지켜보면서도 나는 간에 기별도 안 가는 돈밖에 못 번다는 핑계로 못 본 척했다. 내 계좌에서 기부금이 나가도록 결제 계좌를 바꾼 뒤에도 딱히 후원자라는 감각이 없었다.

직접 기부를 챙기고 기부금을 증액한 것은 2016년에 들어서이니 정말 최근이다. 이때도 역시 덕질 때문에 반쯤 충동적으로 한 일이었다. 꿋꿋하게 못 본 척해온 날 부채질한 대상은 김동완이다. 그가 기부했다는 뉴스를 봤기 때문이다. 마침 뮤지컬로 실물을 실컷 봐서 덕심이 하늘을 찌르던 시기였다. 그날 당장 기부처에 연락해서 증액했다. 아닌가, 전화를 싫어하는 내가 직접 연락했을 리 없으니까 게시판에 글을 남겼는데 그쪽 담당자가 연락했던가? 기억이 흐릿한데 아마 후자였던 것 같다.

증액했다지만 처음 후원하던 금액이 워낙 적어서 얼마 안 됐다. 그런데도 전화 너머의 담당자는 들뜬 목소리로 기뻐하며 증액한 이유를 물어보았다. 괜히 쑥스러워서 "제, 제가 좋아하는 연예인이 기부를 했대서요……."라고 더듬거렸는데, 어떤 연예인인지까지 캐물어서 정말 쥐구멍을 파고 들어가고 싶었다. 어쨌든 전화 너머까지 환한 웃음이 전달될 정도로 기뻐해주셔서 나도 기분 좋았다. 솔직히 전화를 끊자마자 무모한 지출을 했다 싶어 후회가 몰려오긴 했다. 내 앞가림부터 해야 하지 않나 싶었지만, 한 달에 커피를 네 번만 덜 마시면 된다고 단단히 각오를 다졌다. 현실적으로 커피가 HP이자 MP 포션(게임에서 캐릭터의 체력과 마법력을 회복해주는 아이템)이니 네 번이나 덜 마시는 기특한 일은 생기지 않아서 처음 예상한 대로 지출만 늘었는데, 아직은 감액하거나 취소하지 않고 잘 버티고 있다. 이제는 금액이 두 배로 늘었으니 앞으로도 부디 잘 버티면 좋겠다.

몇 년 전부터 선한 영향력이라는 말이 유행한다. 연예인의 기부 기사에도 이 말이 붙고 기업의 친환경적인 행보에도 붙고 SNS에서 이런 곳은 '돈쭐'을 내줘야 한다며 떠도는 가게들에도 붙는다. 실시간 유행하는 것에는 괜히 삐뚜름한 시선을 보내는 못된 성격이지만, **덕질하는 두 사람에게 영향을 받아 지지부진 망설이기만 하던 내가 행동에 나섰으니 선한 영향력이 진짜 있긴 있나 보다.**

유명인들이 어떤 말이나 행동을 한다고 해서 세상

이 바뀐다는 생각은 안 했다. 안 한 것보다는 낫겠지만 엄청난 변화는 없다고 생각했다. 환경 운동을 촉구하고 인종차별을 비판하고 페미니즘을 말하는 유명인이 그렇게 많은데, 현실은 갈수록 마이너스로 축이 기우는 것처럼 보이니까 절망했다. **지금은 단숨에 체감할 수 있는 변화를 이루기는 어렵더라도 잔잔한 파도는 만들 순 있겠다고 생각이 바뀌었다.** 나도 행동하게 됐으니까.

이래서 광고에 이미지 좋은 유명인을 쓰나 보다. 영향을 받는 사람이 한 명이라도 생기기를 바라서. 나도 미미한 영향력을 끼칠 수 있다면, 악한 영향력이 아니라 선한 영향력을 끼치는 사람이 되고 싶다. 그런데 덕질 대상이 어마어마한 사고를 치는 바람에 울며불며 탈덕하게 되면 기부는 어쩐담. 아이고, 전화해서 기부를 취소하겠다는 소리는 목에 칼이 들어와도 못 할 인간이라 다행이다.

취향이 발전하는

즐거움

「한니발」을 좋아한다. 알프스산맥을 넘었던 기원전 그 장군님이 아니고, 영화 「양들의 침묵」과 「한니발」, 「레드 드래곤」 등의 렉터 박사도 아니며 원작인 토머스 해리스의 소설 속 렉터 박사도 아니다. 나는 미국 드라마 「한니발」을 좋아한다. 이 「한니발」 속 캐릭터들도 소설에서 시작하긴 했지만, 시즌이 진행될수록 전혀 다른 이야기가 됐으니 나는 별개의 존재라고 여긴다.

「한니발」도 넷플릭스 때문에 만났다. 새삼 내 덕질에 넷플릭스가 끼친 영향력이 어마어마하다. 원래는 영화를 보려고 했다. 어려서 「양들의 침묵」을 분명 봤을 텐데 기억이 안 나서 혹시 있나 검색했는데, 그때는 영화 「한니발」만 있었다. 순간 무슨 생각이었는지, 이 영화가 내가 찾는 그 영화라고 생각하고 보기 시작했다. 중간쯤 보다가 잘못 생각했다는 걸 깨달았다. 그래도 어차피 틀었으니 끝까지 봤고, 다 보고 나자 추천 콘텐츠 혹은 관련 콘텐츠로 드라마 버전 「한니발」이 나왔다.

드라마 버전이 있는 줄은 몰랐다. 식인 살인마 캐릭터가 뭐 그렇게까지 매력적이라고 각종 미디어로 우려먹나 싶었는데, 노트북 화면을 가득 채운 매즈 미켈슨이 시선을 끌었다. 언제 봐도 묘한 매력이 있는 얼굴이다. 뭐랄까, 사연 있는 악당? 그의 얼굴에 끌려서 보기 시작했고, 그 후로 사흘이라는 시간이 쏜살같이 흘러갔으며 나는 마침내 인생 드라마를 영접했다.

드라마의 핵심은 매즈 미켈슨이 연기하는 한니발 렉터와 휴 댄시가 연기하는 윌 그레이엄의 관계다. 과잉 공감 능력을 지닌 윌 그레이엄은 FBI 요원 잭 크로포드의 요청으로 내키지 않지만 여성을 살해한 연쇄살인마 미네소타 때까치 수사에 참여한다. 잭은 윌의 정신 감정을 위해 한니발 렉터 박사를 끌어들이고, 둘은 환자와 의사라는 관계로 '잘못된 운명의 만남'을 갖는다.

윌과 한니발은 심리 상담을 하면서 피해자의 장기를 적출하고 의미심장하게 전시하기 좋아하는 연쇄살인마, 체서피크 리퍼를 함께 뒤쫓는다. 당연하게도 한니발이 이 체서피크 리퍼다. 한니발은 윌과 잭에게 협조하는 동시에 뒤에서는 살인을 저지르고 시체를 전시하고 요리를 만들어 사람들에게 대접한다. 그 와중에 심리상담사 일도 하고 수영도 하고 오페라도 즐기며 주변 사람들이 자길 의심하지 못하도록 갖은 노력을 기울인다. 하루를 48시간처럼 열심히 사는 사람이다. 저렇게 살아야 연쇄살인마도 될 수 있나 보다.

한니발은 범죄자의 마음에도 공감하는 윌에게 흥미를 느껴 그를 조금씩 심리적으로 궁지에 몰아넣는다. 시즌 1과 시즌 2 중반까지는 일방적으로 당하는 윌이 안타깝고, 그 후부터는 둘의 아슬아슬한 감정 교류와 시뻘건 핏물이 흐르는 파국, 그 모든 일을 겪고도 서로 집착하는 비틀어진 관계에 집중하게 된다. 이 드라마의 팬이라면 시즌 3의 마지막 편에서 눈물을 감추지 못할 것이다. 스포일러가 되면 안 되니 이 정도에서 자제하기로 한다.

「한니발」은 진행이 아주 느린 드라마다. 영상미가 화려한데, 특히 시체와 음식을 어찌나 아름답게 묘사하는지 시체인 줄 알면서도 감탄하게 되고, 음식 또한 설정상 인육인 줄 알면서도 맛있어 보인다. 먹어보고 싶다. 그런데 후반 시즌으로 갈수록 화면이 너무 어둡다. 각종 살인이 나오는 드라마이니 밤 촬영이나 어두운 장면이 많은 건 알겠는데, 얼굴도 제대로 안 보이고 배경도 안 보일 정도다. 처음 넷플릭스에서 정주행할 때는 어두운 줄도 모르고 봤는데, 다시 보니까 너무 답답했다. 몇 번 본 후에야 알았는데, 방 형광등을 끄고 화면 밝기를 올려서 설정하면 배우 얼굴도 배경도 그럭저럭 보인다. 다만 눈 건강에는 치명적이다. 특히 「한니발」은 오프닝 영상이 새하얘서 어두운 곳에서 밝게 하고 보다가 눈을 찌르는 빛의 공격을 받는다. 그러나 덕질이 중요하니 눈이야 알아서 건강을 회복하기를.

146

이 드라마에 빠진 이유는 두 주인공의 관계성이다. 잡아야 하는 살인범의 마음에 점차 동조되고 끌려가지만 타고나길 선한 사람인 윌과 자신이 저지르는 살인을 당연하게 여기고 윌이 함께해주기를 바라는 포식자 한니발. 사랑해선 안 될 사람을 사랑한 끝에 어떻게든 결말을 선택해야 하는 그 고뇌가 화면 너머로 절절하게 전해졌다. 둘의 거창한 사랑 타령에 많은 사람이 다치고 죽고, 죽는 것보다 더 끔찍한 꼴을 당하는 드라마다. 이렇게 적으니 민폐의 극치인 사랑 이야기 같다.

이 드라마에서 가장 좋아하는 캐릭터는 잭의 부하로 나오는 베벌리다. 헤티엔 박이라는 배우가 연기하는데, 똑똑하고 결단력이 있으며 윌을 믿어주는 든든한 사람이다. 아시안 여성 캐릭터를 스테레오타입 없이 멋지게 묘사해서 좋았다. 베벌리 말고도 중요한 여성 캐릭터가 많이 나오는데, 소모적으로 쓰지 않은 점도 마음에 든다. 윌과 한니발, 잭까지 세 남성 캐릭터가 메인인 드라마인데도 여성 캐릭터의 서사와 존재감이 확실하다. 모든 면이 완벽할 순 없겠지만 적어도 내 눈에는 차별적인 시선이 거의 없는 좋은 콘텐츠다.

「한니발」도 몇 번을 보고 또 봤는지 모른다. 처음 정주행했을 때는 일도 공부도 독서도 다 팽개치고 매달렸다. 재탕과 삼탕을 할 때도 처음부터 끝까지 뛰어넘기 없이 진지하게 봤다. 최근 집중력이 떨어져서 드라마나 영화가 좀 지루하다 싶으면 5초 단위로 뛰어넘거나 1.5~2배속해서 보는데, 「한니발」은 삼탕까지 절대 재생바를 건드리지 않고 경건한 마음가짐으로 봤다. 사탕부터는 뒤에서부터 반대로 역주행하거나 좋아하는 편만 골라 보거나 잔인한 장면은 뛰어넘으면서 보긴 했다. 배우의 다른 필모는 취향과 안 맞아서 다행히 필모 깨기에 본격적으로 들어가진 않았다.

「한니발」도 원래 내 취향에는 안 맞다. 징그럽고 끔찍한 장면을 보면 소름이 돋아서 호러나 스플래터는 너무 힘들다. 취향의 폭이 간장 종지처럼 좁아서 받아들이는 대상도 한정적이다. 미리 어떤 내용인지 알아보고 아니다 싶으면 쳐다도 안 본다. 「한니발」은 사전정보 없이 본 덕분에 내 간장 종지에 금을 냈다. 이제는 차곡차곡 쌓인 시체의 산 정도는 아무렇지 않다. 칼로 피부를 갈라도 잘 본다. 여전히 속으로 '으아악' 비명을 지르긴 해도 눈을 질끈 감거나 외면하진 않는다. 간장 종지 취향이 대충 찻잔 취향 정도로는 발전한 것 같다. 나중에는 세숫대야 취향까지 발전할 수 있을까? 다만 「한니발」의 버섯이나 벌집 에피소드는(직접 보시기를!) 지금도 징그럽다. 환 공포증이 좀 있는지 특히 벌집은 상상만 해도 소름 끼친다.

「한니발」을 만나는 데 큰 공헌을 한 「양들의 침묵」은 아직도 못 봤다. 「한니발」을 보느라 정신없어서 잊어버렸고 그대로 시간이 흘렀다. 언젠가 보긴 봐야 하는데. 이 영화처럼, 명작인데 그건 못 보고 후속작 혹은 연관 작품만 좋아하는 게 또 있다. 스탠리 큐브릭 감독의 「샤이닝」이다. 기억은 잘 안 나지만 아마 어려서 본 적이 있을 것이다. 워낙 명작이라 공중파나 케이블에서 한 번은 해줬을 테니. 청소년 관람 불가인데 어렸을 때 봤으면 안 되네.

아무튼, 「샤이닝」은 기억 못 하지만 「닥터 슬립」은 봤다. 아버지의 마수에서 살아남은 아들 대니가 성장한 후를 다룬 영화인데, 이완 맥그리거의 필모 깨기를 하다가 알았다. 「샤이닝」 후속작이라고 해서 미스터리 호러일 줄 알았는데, 초능력자들 이야기여서 놀랐다. 특별한 능력(샤이닝)을 가진 사람들과 그들의 샤이닝을 사냥해서 먹는 트루낫이라는 집단의 대립을 다룬 영화로, 평생 어린 시절의 그림자에 짓눌려 살던 대니가 강력한 샤이닝을 지닌 소녀를 구하기 위해 고군분투하는 내용이다.

개봉 당시 흥행은 못 한 것으로 아는데 이 영화, 진주 같은 수작이다. 샤이닝 능력을 써서 싸우는 장면도 흥미롭고, 대니가 알코올 중독을 극복하고 사람들을 돕는 모습과 소녀를 위해 용기를 내는 과정은 어른의 눈물겨운 성장담이다. 감독판을 보고 싶어서 블루레이를 살 정도로 마음에 들었다. 정작 블루레이를 재생할 장치도 없으면서. 디스크만 먼저 받아서 헤벌쭉 어루만지다가 한 달쯤 지나 블루레이 ODD를 샀고, 일이 바빠서 또 한 달쯤 지나서야 마침내 볼 수 있었다. 다시 봐도 재밌었다. 아마 몇 달 후에 또 볼 것 같다. 블루레이 ODD도 생긴 김에「한니발」블루레이가 정식 발매되면 지를까 싶다. 음, 정식 발매되는 날이 올까? 오면 좋겠다.

덕질을 위해서

공부하고 운동할 테다

요즘 내 고민 중 두 개는 부족한 체력과 부족한 언어 실력이다. 둘 다 현생은 물론이고 덕생에서도 없으면 안 될 요소여서 어떻게 해야 둘 다 족한 수준으로 끌어올릴 수 있는지 고민한다. 예전에 아침 9시부터 오후 4시까지 재택근무로 모 기업의 계약 프리랜서로 일하고, 이후 자정까지 번역을 했던 적이 있다. 6개월쯤 이렇게 일했더니 피부가 시뻘겋게 뒤집히고 치핵이 생겼다. 그래도 지금보다는 젊었고 단기간이어서 버틸 수 있었다. 지금이라면 아마 일주일도 못 하고 쓰러질 것이다.

3년 전만 해도 하루 평균 10시간씩 주 7일 일하면서 뮤지컬이나 콘서트를 보러 다녀도 그럭저럭 버텼다. 그런데 요즘은 하루하루 몸이 다르다. 일하는 시간은 그나마 평균 9시간씩 꾸역꾸역 소화하는데, 하루 외출하면 이틀이 무너진다. 주 7일 일정은 꿈도 못 꾼다. 평일도 주말도 빨간 날도 다 똑같은 하루인 프리랜서인데도 주말이면 축 늘어진다. 곧 마흔을 앞둬서 그런가 보다…… 하고 나이 탓을 하면 편하다. 매년 먹는 나이는 거스를 수 없는 섭리이니, 아무리 발버둥 쳐도 어쩔 수 없다고 주장하면 되니 내 책임이 아니다. 그러나 가슴에 손을 얹고 생각하면, 내 체력 저하는 나이보다는 운동 부족에서 온 것 같다. 거의 평생을 운동과 담을 쌓고 살았으니까.

운동은 일단 발음부터 불편하다. '운'을 발음할 때 입이 내밀어지면서 가슴이 콱 막히는 기분이 들고, '동'을 발음하면서는 입에 모인 기운이 아래로 스르륵 빠져나가서 진이 다 빠진다. 단어 자체가 나를 거부한다. 나를 싫어한다. 그러니 나도 거부하고 싫어하겠다! 이런 소린 당연히 핑계고, 몸을 움직이는 게 싫다. 가만히 누워 있기만도 벅찬 삶인데 뭐 하러 억지로 움직여서 땀을 흘려야 하는지 모르겠다.

게다가 산책이나 홈 트레이닝이 아니면 배우느라 돈도 든다. 왜 돈까지 써서 몸을 힘들게 하는가. 도무지 이해가 안 갔다. 그러나 지금은 안다. 책상에 앉아 일할 때도 근육이 필요하다. 근육이 있어야 번역도 하고 책도 읽고 외출도 하고 덕질도 한다. 현생과 덕생을 적절히 융합하며 살려면 최소한의 근육이 있어야 한다. 근육이 없으면 둘 다 이도 저도 아니게 된다.

밖에 나가서 하는 덕질은 오히려 낫다. 먼 길 오가느라 힘들어서 당일과 다음 날이 사라지긴 해도, 시간이 정해져 있으므로 맺고 끊음이 있다. 머리 풀고 덕생을 즐기다가 머리카락 질끈 잡아매고 현생으로 되돌아올 수 있다. 몸이 어느 정도는 알아서 체력 분배를 한다. 그런데 집에서 하는 덕질, 특히 지금 가장 열정적으로 하는 영화, 드라마 보기와 필모 깨기는 시간을 스스로 정해야 한다. 주중에는 안 보거나 보더라도 하루 1~2시간 같은 식으로 자제력을 발휘해야 한다. 그런데 새로운 배우가 막 눈에 들어와 찾아보기 시작한 초기에는 워낙 볼 작품이 많으니까 자제력이고 뭐고 흐지부지 사라진다. 숨이 턱에 찬 기분으로 파고든다. 일하던 자리에 그대로 앉아 일하던 노트북으로 덕질에 돌입하니까 현생과 덕생의 구분도 잘 안 된다. 당연히 체력 분배도 안 된다.

영화와 드라마를 진지하게 보기 시작하면서 원래도 없던 내 체력은 더 바닥으로 치달았다. 앞에서 언급한 「워킹데드」와 「슈퍼 내추럴」을 보면서 생명의 위험을 느꼈고, 가장 최근에는 이완 맥그리거의 필모를 깨다가 진지하게 '이러다가 나 죽을 것 같은데?' 하고 생각했다.

이완 맥그리거의 필모는 아직도 깨는 중이다. 네이버 시리즈온에서 구매하거나 대여할 수 있는 영화 중 아무리 봐도 취향이 아니어서 나중으로 미룬 영화도 있고, 넷플릭스와 디즈니 플러스에서 서비스할 드라마(넷플릭스 드라마는 최근 공개됐다. 혹시 관심 있다면 검색을)도 있다. 내가 아끼는 다른 배우들도 모두 현역으로 활동 중이니 코로나 사태가 진정되면 봐야 할 영화나 드라마가 더 늘어날 것이다. 덕질이 늘면 늘었지 줄어들지 않을 예정인데, 그 전부를 잘 쫓아가려면 아무리 생각해도 체력이 있어야겠다. 배우들은 저런 체력이 어디서 나오나 싶다. 물론 그들은 몸이 곧 자산이니 그만큼 노력할 테고 투자하는 단위가 다르겠지만, 타고난 체력이 일반인과 다른 것 같다. 아니지, 체력 좋은 일반인도 많으니 나와 다르다고 해야겠다.

『이완 맥그리거의 레알 바이크』의 부제는 '두 남자의 인생을 바꾼 108일간의 대륙횡단 모험기'이다. 108일 동안 오토바이에 산더미 같은 짐을 싣고서 달리고 노숙하는 여행은 웬만한 체력으로는 불가능할 것이다. 힘들고 피곤하고 무서울 텐데 다양한 경험과 사람과의 만남에 적극적으로 나서는 이완 맥그리거와 찰리 부어만의 모습에 감탄했다. 행동력과 사근사근한 사교성은 체력에서 나오나 보다.

언어 실력도 고민이 많다. 내 인생 목표는 최소 7~80살까지 꾸준히 번역하고 글을 써서 돈을 벌며 사는 것이니 한국어와 일본어 실력을 늘려야 한다. 이것만으로도 공부할 게 눈앞이 캄캄해질 정도로 많다. 공부에는 원래 끝이 없는데, 이건 좀 지나치게 없다. 공부하려는 마음은 굴뚝 같다. 실천을 못 하는 게 문제지.

여기에 더해 덕질용으로 영어도 조금은 할 줄 알면

좋겠고, 마블의 드라마 「에이전트 오브 쉴드」 시즌 4를 보다가 잠깐 눈에 들어온 배우가 극 중에서 스페인어를 하는 게 멋있어서 스페인어도 배우고 싶다. 고등학교 때 제2외국어였던 프랑스어도 다시 하고 싶다. 스페인어와 프랑스어는 단순한 희망 사항이지만, 영어는 지금 내 덕질에 중요도가 높다. 지금은 배우들 신작 정보가 떠도 번역기를 돌려야 하고, 한글 자막이 없으면 블루레이도 못 산다. 외국 사이트에서 직구하는 것조차 더듬더듬 영어를 읽어야 하니 쉽지 않다.

유튜브의 이완 맥그리거 팬 계정에서 그가 내레이션을 맡은 다큐멘터리를 몇 편 올려놓았다. 이 사람은 목소리까지 취향이어서 일할 때나 잘 때 다큐멘터리를 켜놓고 백색 소음처럼 듣는데, 그냥 들어도 좋지만 이왕이면 알아듣고 싶다. 각종 인터뷰 영상이나 시상식 영상도 많은데 역시나 못 알아들으니 슬프다. 영어를 조금만 할 줄 알면 덕질의 질이 달라질 테니 매번 아쉽다. 지금부터 영어를 공부해도 번역할 정도의 실력은 못 갖추겠지만, 최소한 인터넷 페이지는 읽을 수 있으면 좋겠다. 번역기가 발달해서 편해졌으나 아직은 부족하다.

그런데 덕후로서는 번역기의 발전을 바라나 번역가로서는 앞으로도 쭉 부족했으면 좋겠다는 양가감정이

156

있다. 일본 서적을 번역할 때도 아주 가끔 영어 사이트를 뒤진다. 가타카나로 적힌 외국인 이름의 철자를 찾아야 하거나 우리나라 말로 적절하게 옮길 단어를 찾느라 영어권 쓰임새를 볼 때다. 따라서 영어를 할 줄 알면 현생에도 큰 도움이 된다. 영어에 품은 이 갈망은 일을 더 전문적으로 하고 싶은 욕심이다. 이렇게 주장해야 멋있어 보이겠지만, 그냥 즐겁게 덕질하고 싶은 마음에 끓어오르는 열망일 뿐이다.

고민은 이토록 열심히 하는데, 현실에서 시도하는 건 많지 않다. 운동은 매일 30분씩 산책하는 정도이고, 일본어는 일하다가 자연스럽게 습득하는 게 있어도 영어 공부는 영화와 드라마를 열심히 볼 뿐이다. 공부가 아니라 덕질이다. 그래도 앞으로는 좀 더 진지하게 고민해볼 참이다. 마침 아파트에 성인 발레 학원이 근처에 새로 문을 열었다는 공고가 붙었다. 마치 나를 위한 것처럼. 코로나 때문에 당장은 못 가겠지만 머릿속 'TO DO 리스트'에 성인 발레를 적어두었다.

공부도 하려고 인터넷 서점에 들어가 어학책을 잔뜩 장바구니에 담아두었다. 집에 쌓인 어학책이 한두 권이 아니니 새로 살 필요는 없지만, 새 술은 새 부대에 담으라는 말처럼 역시 새것이 탐난다. 무분별한 소비는 지양해야겠지만, 책은 내가 사랑하니까 얼마든지 사도 괜찮지 않을까. 출판계의 빛과 소금 지망생으로서 소심하게 주장해본다. 과연 몇 달 후에 내가 발레를 하고 영어 공부를 하고 있을까? 현생과 덕생을 위해서, 최소한 건강한 몸과 마음으로 살기 위해서 하고 있었으면 좋겠다.

하다 보니 사는 게 좋아졌다고요?

그게 바로 비결입니다

4

최애는 최애니까

최애다

한자로 가장 최(最)와 사랑 애(愛)인 최애, 가장 아끼고 애정을 퍼붓는 대상이라는 뜻이다. 단어 자체는 확고부동한 하나를 가리키는 것 같은데, 뜻은 얼마든지 확장 적용할 수 있으니 최애가 꼭 하나라는 법은 없다. 덕질하는 모든 분야를 통틀어서 가장 좋아하는 하나를 최애로 꼽을 수 있고, 아이돌 그룹이든 애니메이션이든 소설이든 작가든 분야별로 나눠서 최애를 꼽을 수도 있다.

또 한 번 최애라고 영원한 최애일 이유도 없다. 실시간으로 살아 숨 쉬는 인간 최애라면 감당하지 못할 사고를 쳐서 더 이상 최애로 꼽지 못하게 될 수도 있다. 이미 완결이 난 소설이나 애니메이션 등의 등장인물이라면 최애에 문제가 생겨 실망할 일은 없겠지만, 내가 달라져서 예전과 똑같은 감정으로 좋아하지 못할 수 있다. 기타 각종 이유로 최애가 생겼다가 바뀌었다가 사라졌다가 또 복귀했다가 한다. 사람 마음은 그때그때 흘러가는 법이다.

내게도 분야별로 최애가 여럿 있다. 가끔은 조금 눈에 들어온다 싶으면 죄다 최애라고 부르나 싶을 정도로 많다. 그래도 꾸준하게 최애로 꼽는 대상은 나름 몇 년 넘게 꾸준히 사랑한 것들이다. 그때그때 꽂혀서 휘몰아치듯 덕질하다가 어느 순간 놓아버리는 대상은 나의 우직한 최애 자격이 없다.

우리나라 연예계에서 최애를 꼽자면, 계속 언급했듯 당연히 김동완이다. 사실 국내 연예인 중에서는 현재 유일무이한 최애다. 가끔 한 명에게 너무 맹목적인가 싶어 불안해진다. 덕질하면서 상처받고 울었던 적도 많으니 덕생이 꼭 행복하지만은 않았고, 심경에 변화가 생겨서 만약 탈덕하는 날이 오면 기댈 곳이 사라지는 셈이니 내 삶이 우르르 무너질 수도 있다.

다행히 다른 분야의 최애들이 여럿 있어서 힘들면 도망칠 길이 있다. 어느 한쪽에서 싸하게 스트레스가 몰려온다 싶으면 잠깐 주파수를 차단하고 다른 쪽의 문을 연다. 이 문 저 문 열었다 닫으면서 마음의 안정을 얻는다. 만약 동시에 모든 곳에서 난리가 나면 어쩌지. 그땐 인터넷이고 뭐고 다 끊고 어디 절에 들어가야 하려나. 그런 일이 생기지 않도록 최애를 늘리는 것도 슬기로운 덕생을 위한 알짜배기 팁……일까, 과연.

문학 분야에서 좋아하는 작품이나 작가도 많다. 출판 쪽에 빼꼼 발을 걸치고 있으니 당연하다. 책을 좋아하지 않는데 하는 일이 출판 번역이라면 매 순간 얼마나 괴로울까. 아침에 일어나서 컴퓨터 앞에 앉아 책을 펴는 게 고역이리라. 책을 좋아해서 진심으로 다행이다.

요즘 특히 아끼는 작가는 마스다 미리와 데라치 하

루나라는 일본 여성 작가다. 매국노 기질이 있어서가 아니라, 일본어 번역가이다 보니 아무래도 일서를 많이 접하기 때문이다. 우리나라에도 덕심을 품은 작가들이 많은데 한두 명을 꼽기는 수줍다. 마스다 미리는 우리나라에도 탄탄한 팬층이 있는 작가다. 만화를 그리고 에세이와 소설, 그림책 등 글도 쓴다. 기쁘게도 지금까지 마스다 미리의 작품을 몇 권 번역할 수 있었다. 번역했기 때문에 좋아하게 됐는지, 먼저 좋아했는데 기쁘게도 번역을 맡게 됐는지 살짝 헷갈린다. 마음에 들어서 책을 읽기 시작한 시기와 번역을 맡게 된 시기가 거의 비슷하다.

데라치 하루나는 『같이 걸어도 나 혼자』(다산책방, 2018)로 우리나라에 소개됐다. 무얼 감추랴, 내가 번역한 책이다. 데라치 하루나는 이 책의 번역을 맡기 전에 검토로 먼저 만났다. 검토란, 출판사에서 출간할 가치가 있는 책인지 가늠하기 위해 번역가에게 미리 원서를 읽고 의견을 달라고 소정의 검토비를 지급하며 의뢰하는 작업이다. 리뷰라고도 한다. 책 한 권을 읽고 내용 요약하고 발췌 번역하고 의견을 써야 해서 품이 많이 드는데, 낮은 확률로 일로 연결되기도 하고 색다른 책을 접할 수 있어서 좋아하는 작업이다.

검토했던 데라치 하루나의 책도 좋았으나 출간으

로 이어지지 못했는데, 다른 출판사에서 이 책의 번역 의뢰가 들어왔다. 이 책이 내 마음에 쏙 들었다. 번역하는 내내 기분이 좋았다. 이후로 작가의 다른 작품을 하나둘 사서 모으고 있다. 우리나라에도 데라치 하루나의 작품이 더 많이 들어오면 좋겠다.

이 두 작가 이외에 한 번이라도 작품을 번역했던 작가는 온라인으로 스토킹하며 꾸준히 근황을 살피고, 아직 번역해본 적 없는 유명한 작가들도 살핀다. 우리나라 작가 중 최애를 꼽기 어려운 것처럼 일본 작가는 물론이고 그 외 나라 작가도 최애를 한두 명만 꼽을 순 없다. 다만 일하려고 책상에 앉은 순간에는 지금 번역하는 책과 작가를 가장 사랑한다고는 말할 수 있다. 너무 생계형 번역가의 처세술 같나?

대상이 무엇이든 최애를 바라보는 감정은 몽글몽글하다. 생각만 해도 행복해서 미간 주름이 펴지고 호빵 같은 미소가 번진다. 때로는 있는 힘껏 안아주고 싶을 만큼 안쓰럽다. 불면 꺼질까 쥐면 터질까 물가에 내놓은 아이를 보는 기분이 들 때도 있다. 현실적으로 안고 보듬을 수 없는 드라마나 책이야 일정한 거리를 두지만, 캐릭터나 사람을 대할 때면 애정이 마구 솟구쳐서 가끔 감당이 안 된다. 특히 창작물 속 캐릭터는 실존하지도 않는데 어찌나 안쓰러운지, 고생하는 캐릭터가 불쌍해서 작가(혹은 제작자)를 욕하기도 한다. 우리 애를 이렇게 굴리다니 저건 인간도 아니라면서. 우리 애가 행복했으면 좋겠는데, 다른 한편으로는 더 괴로워하고 힘들어하고 울어줬으면 싶은 마음도 있다. 아끼는 캐릭터의 행복을 바라면서도 굴러주기를 바라는 비틀어진 욕망이다.

연예인 최애라면? 대중에게 얼굴이 알려진 연예인들은 다 부자고 잘 산다. 야무져서 자기 앞가림도 잘한다. 그런데도 연약한 아이 보듯이 애처로운 눈빛을 보내게 된다. 돌봐야 할 내 인생은 뒷전이고 남 인생에 신경 쓰느라 바쁘다. 마스다 미리는 내가 번역한 책 『혼자 여행을 다녀왔습니다』에서 "나는 팬이 된다는 감각이 극단적으로 적다. (……) 나는 나와 직접적인 관계가 있는 것에만 몰입한다. 케이크나 발 마사지나……."라고 말했다. 좋아하는 연예인이나 작가가 비난을 받았다고 화를 내는 사람을 보면 어리둥절하다고 한다.

이 문장을 번역할 때 참 유쾌했다. '마스다 씨! 좋아하는 연예인이 가능하면 칭찬만 받았으면 좋겠다고 생각하는 사람이 지금 선생님 책을 번역하고 있어요!' 이렇게 외치고 싶었다. 그의 생각에도 공감한다. 나 역시 최애의 행복이 중요하다고 종알대지만, 지금 내 입에 들어가는 커피 한 잔이 더 소중하다. 하지만 직접 관련된 행복이 아닐지라도 최애의 평안함도 행복의 중요한 요소다. 자기 잘못도 아닌데 구설에 오르거나 뜬금없이 욕을 먹는다면 그 상황을 지켜보는 내 마음도 불편하다. 그러니 마음의 안정을 위해 최애가 행복했으면 좋겠다.

애정을 담아 지켜보는 대상 중 일인자는 당연히 김동완이다. 몇 해 전 그가 뮤지컬 페스티벌에 선 적이 있다. 록 페스티벌이나 재즈 페스티벌처럼 관객들이 돌아다니면서 야외 무대를 보는 형식이었다. 야외 공연은 돈을 주고 가라고 해도 고사했던 시절이라, 현장에 있는 사람이 실시간으로 보여주는 방송으로 집에서 편하게 봤다. 페스티벌 날은 초조해서 종일 일이 손에 잡히지 않았다. 뮤지컬 배우로서 뮤지컬 페스티벌에 서는 내 아이돌이라니. 이때 처음으로 '물가에 내놓은 아이를 보는 기분'을 느꼈다.

드디어 그가 무대에 올라온 순간, 심장이 마라톤이라도 뛰고 온 것처럼 쿵쾅거리고 얼굴은 시뻘겋게 달아올랐으며 겨드랑이가 땀으로 축축하게 젖었다. 어지러워서 눈앞이 핑핑 돌았다. 머리에 피가 몰린다는 게 뭔지 몸으로 알았다. 하루 내내 기다렸는데 너무 흥분해서 제대로 보지도 못했다. 내가 무대에 오르는 것도 아니고, 당사자는 평생 무대에 오르는 일을 하며 살았는데 말이다.

다른 최애들, 특히 살아 있는 최애에게는 정도는 달라도 비슷한 감정을 품는다. 다들 행복하게 잘 살았으면 좋겠다. 그 결과로 내 덕질이 윤택해지기를 바란다. 지쳐서 다 때려치우고 싶어도 최애들이 생산하는 콘텐츠를 소비해야 한다는 이유로 버틸 수 있기를 바란다. 음, 최애를 위하는 게 아니라 내 욕망을 우위에 두는 이기적인 마음 같다. 그래도 솔직한 마음이다.

덕밍아웃,

네 덕질을 널리 알려라!

덕밍아웃은 덕후임을 주변에 알린다는 뜻이다. 반대로 덕후 정체성을 가까운 사람에게도 꼭꼭 숨기는 것을 일반인 코스프레('일코'로 지칭) 혹은 머글 코스프레라고 한다. 특정 분야에 관심 없는 사람을 머글이라고 부르는 게 재미있다. 조앤 롤링의 『해리 포터』 시리즈와 영화 덕을 톡톡히 보는 셈이다.

나는 덕질한다고 동네방네 알릴 마음은 없으나 감추지도 않는다. 덕질은 숨기고 싶어도 숨길 수 없다. 재채기와 사랑은 숨길 수 없다지 않나. 좋아하는 대상을 생각하기만 해도 입가가 실룩거린다. 길을 걷다가 감정이 북받쳐서 혼자 히죽이는 위험분자가 되기 일쑤다. 콘서트에 다녀오는 길이면 지나가는 사람을 붙들고 내 아이돌이 얼마나 능력 있고 멋있고 예쁘고 귀엽고 사랑스러운지 외치고 싶다. 가끔은 얼마쯤 시급을 주고 덕후 수다를 얌전히 경청하며 맞장구쳐줄 사람을 구하고 싶을 정도다. 카페에서 책을 읽다가 너무 행복하면 옆 테이블에 앉은 사람에게 이 작가의 위대함을 알리고 싶고, 좋아하는 배우가 연기를 맛깔나게 하는 영화를 보면 목에 칼을 들이대고 보라고 강요하고 싶다. 당연히 마음속으로만 한다.

덕질을 알리지 않으려는 심리도 이해한다. 일터는 물론이고 가족에게도 절대 덕질하는 티를 내지 않는 사람도 있을 것이다. 연예인 덕질이면 그 나이에 연예인을 좋아한다는 소리를 들을까 봐, 2D 덕질 특히 일본 애니메이션 덕질이면 오타쿠에 매국노라는 소리를 들을까 봐, 이유는 사람마다 다를 것이다. 연예인 덕질에 한정해 이야기하면, 가끔 포털사이트나 트위터 등을 떠들썩하게 하는 큰 사건이 터질 때면 일코하고 싶은 심정을 알겠다. 나도 비슷한 일을 겪으면서 일코가 최고라는 생각도 잠깐 했다. 생각만 했다. 이 글을 쓰는 것 자체가 일코 안 한다고 대대적으로 외치는 셈이다.

좋아하는 연예인의 소식은 보통 일반인보다 팬이 먼저 안다. 팬 사이트든 연예 커뮤니티든 트위터든 어떤 경로로든 소식이 빠르게 도니까 휴덕 중이 아닌 이상 바로 안다. 좋은 소식이면 신나서 난리다. 트위터라면 알티 추첨 이벤트를 열어 치킨이나 커피를 쏘기도 한다. 한편, 나쁜 소식이면 욕하고 성질을 부리고 신세 한탄하느라 바쁘다. 마음 맞는 덕친끼리 SNS 계정을 걸어 잠그고 인터넷상으로 소주잔을 기울인다.

한바탕 회오리바람이 휘몰아쳐서 몸도 마음도 만신창이인 상태일 때, 뒤늦게 소식을 접한 지인이 "야야, 이런 일이 있다며?" 하고 말을 건다. 좋은 소식이라면 반갑다. 했던 말 또 하고 또 해도 재미있는 게 덕후 아닌가. 상대가 먼저 말을 걸었으니 어느 정도 덕질 이야기를 해도 된다는 신호다. 절호의 기회이니 덕질 이야기를 주변과 공유하기 싫은 사람이 아니고서야 입이 마르고 닳도록 떠든다. 나쁜 소식이라면? 슬픈 소식이라면? 울고불고 난리가 난 상황에 벌통을 들쑤시는 연락이 오면 괴롭다. 불난 집에 부채질 수준이 아니라 선풍기를 강강강으로 트는 격이다. 안 그래도 무너지기 일보 직전인데 옆에서 툭 건드린다. 그렇다고 이때 건드리는 사람이 꼭 나쁜 의도로 하는 것은 아니다. '연예인의 어떤 소식을 접했는데 생각해보니 내가 아는 누구누구가 그 사람을 좋아하네? 알려줘야지!' 이쪽이 이미 알고 있으리라 생각하지 않는, 무지하면서 순수하게 선의 넘치는 마음이다.

괴롭히려고 건드리는 사람도 있긴 하다. 의도적으로 상처를 주려는 사람이 세상에는 의외로 많다. 특히 직장 상사 같은 윗사람이 그러면 미치고 팔짝 뛸 노릇이다. 친구라면 눈치를 어디다 팔아먹었느냐고 핀잔이라도 줄 텐데, 윗사람에게는 그럴 수도 없다. 어금니를 악물고 "네, 저도 알아요." 말고 할 말이 없다. 나야 윗사람이 없지만, 비슷한 경우가 없진 않다.

대화하기 싫은 주제로 억지로 말해야 하는 일을 겪으면 일코가 아쉬워진다. 좋은 이야기는 떠들고 싶고 나쁜 이야기는 듣기도 싫어하다니, 달면 삼키고 쓰면 뱉는 심리다. 상대방은 생각해서 말을 걸었을 텐데 이쪽이 퉁명스럽게 반응하면 당황할 것이다. 그래도 안 좋은 소식은 본인이 먼저 접하고 괴로워하고 있을 확률이 높으니 언급하지 않는 편이 낫다. 특히 연예인을 덕질하는 사람에게는 더더욱.

일코를 능숙하게 하면 듣기 싫은 얘기를 접할 빈도가 줄어든다. 한편으로 불미스러운 일을 저지른 연예인을 내가 좋아하는 줄 몰라서 면전에서 욕을 듣는 일이 생길수 있다. 이러면 이것대로 또 스트레스일 테니, 일코도 장단점이 있고 덕밍아웃도 장단점이 있다. 어느 쪽을 선택하든 각자 마음이다. 나는 앞으로도 일코할 생각은 없다. 사명감을 느껴서는 아니고, 성격상 일코가 불가능하다.

프리랜서도 업무상 만나는 사람이 있고 연락을 주고받는 사람이 있다. 내가 자주 접하는 외부인은 출판 편집자다. 대부분 메일이나 카톡으로 일을 처리하지만, 가끔 만나기도 한다. 계약서에 도장을 찍으러 만날 때도 있고, 책이 나오면 출간 기념으로 수다를 떨기도 한다. 1년에 한두 번 있을까 말까 한 데이트다.

번역가에게 가장 중요한 것은 실력과 성실함이지만, 사람과 사람의 만남이니 이왕이면 좋게 보이고 싶다. 믿을 수 있는 사람으로 보이고 싶다. 일을 시작하고 초반에는 이지적이고 차분한 사람처럼 보이려고 노력했다. 웃을 때도 박장대소가 아니라 입술을 살짝 올려서 웃고, 말도 조곤조곤하려고 했다. 약속장소로 가는 동안 어떻게 인사를 하고 무슨 말부터 꺼낼지 시뮬레이션했다. 그러다가 처음 만나는 편집자면 얼굴을 모르는데 어떻게 알아보나, 어떻게 찾아야 하나, 나는 전화를 걸기도 싫고 받기도 싫은데 하고 덜컥 걱정한다. 불안해진 결과, 첫 만남부터 차분함과는 거리가 멀게 반응한다. 인사를 나눈 순간부터 오두방정을 떨고 있으니 이지적인 흉내는 물 건너갔다. 낯을 가리는 주제에 어색한 걸 싫어해서 아무 말이나 떠벌린다.

자, 집에서 번역하고 책 읽고 덕질만 하는 내가 할 잡담이 뭐가 있겠나? 집안일을 미주알고주알 말할 수도 없으니 당연히 덕질 이야기다. 잠깐 시간이 흐른 뒤, 처음 만난 편집자를 앞에 놓고 덕질 이야기를, 특히 김동완 이야기를 열정적으로 하는 나를 발견하고 절망한다. 이지적이고 차분한 인물상은 실패다. 안 이지적이고 안 차분하게 태어난 사람이 긴장한 상황에서 가면을 쓸 수는 없다. 그런 재능이 있으면 성형수술을 받아서 배우를 했지. 이런 실패를 몇 번 반복한 끝에 깔끔히 포기했다. 이젠 시도도 안 한다.

블로그나 인스타그램에 김동완 관련한 글과 사진

을 올리기 시작한 후부터는 편집자가 먼저 말을 꺼내기도 한다. 지금은 오히려 즐긴다. 스몰토크로 딱이다. 이렇게 떠들고 다니다 보면 어디서 한 명쯤 건너 건너라도 그와 아는 사이가 있지 않을까? 이런 기대도 있다. 친분 있는 사람이 있다고 달라질 것은 없지만 괜히 신날 것 같다. 친한 편집자에게, 그에게 에세이를 의뢰하면 어떻겠냐고 권하면서 계약하는 자리에 떨거지로 데리고 가달라고 너스레를 떤 적도 있다. 물론 농담이다. 96퍼센트의 농담과 4퍼센트의 진심. 정말로 기회가 온다면 냅다 도망치겠지.

티케팅 용병이자 절친은 워너원의 한 멤버를 좋아했다. 지금도 좋아하는지 모르겠는데, 아무튼 이 친구는 일코의 대가다. 어찌나 능력치가 출중한지 덕질 중인지 아닌지 물어보지 않는 한 모른다. 카카오톡 프로필에도 신경 써서 연예인을 덕질하는 티를 전혀 내지 않는다. 이 친구, 회사에 다니면서도 음방에 가고 지방 콘서트도 다녀왔다. 심지어 외국 콘서트도. 어느 날은 남해에 있다고 해서 사람을 놀라게 하더니 어느 날은 일본, 어느 날은 홍콩에 있었다. 그런데도 친한 사람들이나 덕친 아니고서는 덕후인지도 모른다. 어떻게 일코를 그렇게 잘하는지 신기하다.

한편, 다른 절친은 회사 책상에 좋아하는 연예인

사진도 장식해놓고, 바쁘지 않을 때는 드라마나 영화를 보면서 일한다고 한다. 회사 사람에게 콘서트나 공연을 보러 간 이야기도 편하게 한다고. 같은 직장인이라도 본인 성격과 회사 분위기에 따라 이렇게 다르다.

우리는 고등학생 때 만났는데, 그때부터 각자 좋아하는 연예인이 있었다. 교복 입고 까르르 웃던 10대와 방황했던 20대를 지나 지금도 덕질하는 모습을 지켜본다. 최근 애기(덕질 대상)가 제대했다고 신난 친구를 보면 귀엽다. 셋 중 티케팅을 가장 자주 부탁하는 사람은 지금으로서는 나다. 2016년부터 매년 뮤지컬이나 연극, 콘서트 티케팅이 있고, 주변에서 티케팅을 부탁할 때도 있다. 그때마다 단톡방에 '저기, ○○일 ○○시에 시간 되십니까? 급한 티케팅이 있습니다!' 하고 조심스럽게 의뢰한다. 친구를 위해 워너원의 마지막 콘서트 티케팅에 참전했을 때, 서버가 다운되어 난리가 났는데 운 좋게 나만 접속해서 사흘 치 티켓을 잡은 적이 있다. 썩 좋은 자리는 아니었지만 누르는 족족 결제로 넘어갔다. 그때 내 손과 내 아이피에 내려오신 티케팅의 신이 언젠가 또 오실까.

그렇지, 덕밍아웃해서 좋은 점이 또 하나 있다. 티케팅에 실패해서 울고 있으면 덕친이 몰래 온 용병이 되어 티켓을 선물해주기도 한다. 트위터 쪽지나 카톡 알림이 오면 파블로프의 개처럼 침이 흐른다. 이런 감사한 일이 있을 때면, 일코를 못 해서 한 덕밍아웃이지만 보람 있다. 덕질도 사람과 사람의 관계가 기본이다. 내 덕질 사실을 한 명이라도 더 안다면, 언제 우연히 티켓이 날아올지 모르고 상상하지 못한 좋은 일이 생길지도 모른다. 그럴 일이 절대 없다고 어떻게 확신하나. 그러니 내 덕질을 널리 알리도록 하라!

하다 보니 사는 게 좋아졌다고요?

내가

타고 싶은 계는

덕질 용어 중 제일 묘한 단어가 '계를 탄다' 같다. 삼삼오오 모여 곗돈을 붓고 기다린 끝에 마침내 차례가 와 돈을 손에 쥔 순간의 기분, 얼마나 가슴 벅찰까. 곗돈을 부어본 적이 없어서 그 기분이 어떨지는 정확히 모르겠다. 만기 적금의 돈을 찾을 때와 비슷할까 싶은데, 적금은 내가 입금한 돈에 쥐꼬리보다 못한 이자를 더해 찾는 건데 계는 내 돈에 계원들의 돈이 더해져서 돌아오니까 전혀 다른 느낌일 것 같다. 대충 로또 4~5등쯤 당첨되는 기분일까?

덕질 세계, 그중에서도 아이돌 덕질 세계에서 자주 쓰이는 '계 탄다'는 범위가 상당히 넓다. 길 가다가 우연히 최애를 만난 것도, 최애와 같이 비즈니스를 진행하는 것도 계 탄다이다. 요즘은 온라인을 통해 연예인과 팬의 거리가 가까워져서 더는 머나먼 존재가 아니지만, 아직은 라이브 방송에서 최애가 이름을 불러주거나 댓글을 읽어주는 것도 계 탄다이다. 사인회에 당첨되는 것도, 선물한 옷이나 그릇 등을 쓰는 모습을 보는 것도 계 탄다에 해당한다. 이 외에도 무궁무진하다. 한마디로 본인이 생각하기에 계 탄 것 같으면 계 탄 것이다. 콘서트에서 내 최애가 이쪽을 가리키거나 보고 웃어준 것 같다? 내가 생각하기에 본 것 같다고 느낀다면 계 탄 것이다. 실제로 봤는지 안 봤는지 알게 뭐람, 내가 즐거우면 그만이다.

'성공한 덕후'도 계 탄다와 비슷한 말이다. 이 말도 활용 범위가 넓다. 최애를 보고 방송계에 들어가겠다는 꿈을 품었는데 정말로 방송계에서 일을 시작했고 몇 년 후 최애와 일할 기회가 왔다면? 두말할 것 없이 성공한 덕후다. 뿌듯한 순간 아닐까? 연예인과 팬이라는 관계가 아니라 프로젝트를 함께 진행하는 동반자로 만났으므로. 다만, 실제 만난 최애의 성격이 괴상하고 까칠해서 스트레스만 얻은 끝에 탈덕하는 불상사가 생길지도 모른다. 그래도 찰나의 인연이 생긴 것은 사실이니 의미는 있다. 우연히 만나 사인을 받고 같이 사진을 찍거나 사인회에 당첨되어 계를 탄 것도 다 성공한 덕후다. 남이 보기에는 아무리 사소하고 허접할지라도 말이다. 덕질에는 자기만족이 중요하다.

나도 계 탄 덕후이고 성공한 덕후이다. 딱 한 번, 팬 사인회에 가서 김동완과 짧은 대화를 나누고 사인을 받고 악수한 적이 있다. 팬 사인회를 절대 안 가는 이유가 이 처음이자 마지막 사인회 경험이 자다가 이불을 걷어찰 정도로 흑역사였기 때문이다. 언제 어디에서 했던 사인회고 정확히 무슨 일이 있었는지는 부끄러워서 밝힐 수 없지만, 이일이 약간 트라우마처럼 남아서 이후로 '사인회 절대 NO!'를 굳건히 지키고 있다. 물론 연예인에게 문제가 있던 것은 아니다. 내가 사인회에 처음 가봐서 분위기 파악을 못

했고, 낯가리다 못해 헛짓을 했을 뿐이다. 그는 친절하고 다정했다. 어지간한 일이 생기지 않는 한, 오래오래 이 사람의 팬으로 살 것 같다고 직감한 순간이었다.

이때도 앨범을 사서 응모하는 형식의 사인회였다. 당첨될 리 없다고 생각하고 두어 장 사서 응모했는데, 운 좋게도 당첨됐다. 트라우마를 안게 됐으니 운 나쁘게도 일까? 아무튼 사인회 당첨 연락을 받았을 때, 우연히 같이 있던 신화창조가 나를 보고 "성공한 덕후다!"라고 외쳤다. 사인회 단골이거나 각종 방송을 다 보러 다니거나 연예인이 얼굴과 이름을 외운 팬이라면 고작 사인 한 번을 두고 성공했다고 하진 않겠지만, 나는 그때 그 경험이 유일했다. 그래서 내심 성공했다고 생각하긴 했다.

나를 성공한 덕후라며 치켜세운 그는 나보다 한참 어린 사람인데, 내가 번역가라는 것을 알고도 성공한 덕후라고 했다. 번역가로서 첫 역서를 낸 지 얼마 되지 않아 일감이 거의 없던 때여서 성공과는 거리가 몇억 광년 수준으로 멀었지만, 학생이었던 그의 눈에는 성공한 어른처럼 보였나 보다. 이때 들은 '성공한 덕후'라는 말이 기억에 남았다. 지금은 만나지 않는 사람이니 그는 나를 기억하지 못할 것이다. 나도 그 사람의 이름도 얼굴도 기억 못 한다.

그래도 별 생각 없이 했을 '성공한 덕후'라는 말은,

번역가로 살아남지 못할 것 같아 방황할 때마다 나를 잡아주는 손길 중 하나였다. 물론 그때 나와는 거리가 먼 말이었지만, 언젠가 맞춤옷처럼 잘 어울리는 사람이 되고 싶었다. 지금도 성공이 뭐죠, 성공하는 길이 있긴 하나요인 삶이고, 성공보다는 매 순간 열심히 살고 싶다고 생각이 바뀌긴 했지만 어쨌든 몇 해 전보다는 다방면에서 나아졌다. 성공의 의미를 어떻게 정의하느냐에 따라 다른데, 경제적 여유로 한정한다면 먹고살 수 있고 덕질도 할 수 있고 적은 돈이나마 모으고 있으니 예전과 비교하면 용 됐다.

덕후로서 계를 타고 싶은 마음은 별로 없다. 애초에 아이돌을 제외하고 내가 파는 대상들은 계를 타고 싶어도 못 탄다. 바다 건너 사는 외국인이거나 살아 있지 않은 캐릭터니까. 아이돌 덕질로 성공하고 싶지도 않다. 딱히 하고 싶은 말도 없고 듣고 싶은 말도 없다. 직접 선물을 주려고 전달 방법을 알아보기도 귀찮다. 팬들이 진행하는 서포트에는 흔쾌히 돈을 내지만, 그건 그를 입히고 먹이는 비용인 동시에 내게도 어떤 물건이 남기 때문에 한다. 가끔 예쁜 옷이나 접시를 보면 그와 어울리겠다는 상상을 하는데, 굳이 현실로 이루진 않는다. 어떻게 보면 피도 눈물도 없는 매정한 팬이다.

만나보고 싶은 욕구는 있다. 좋아하니까 당연하

다. 그런 마음이 있으니까 열심히 콘서트와 공연을 보러 간다. 친구의 친구의 친구 같은 무의미한 연결고리라도 좋으니 아는 사이가 되고 싶은 마음도 없다면 거짓말이다. 편집자에게 운을 떼는 것도 따지고 보면 일말의 기대감이 있어서다. 혹시 아나, 정말로 아는 출판사의 편집자와 함께 내 아이돌이 에세이를 내게 되어서 계약하는 자리에 장승처럼 끼어 앉을 수 있을지. MBC의 예능 「나 혼자 산다」에 그가 출연했을 당시, 서울 여행 겸 그가 사는 평창동 투어를 해보고 싶었다. 계획도 세웠는데, 사생이나 하는 짓 같고 귀찮아서 그만뒀다. 안 가길 잘했다고 지금도 생각한다. 혹시라도 길에서 봤으면 심장이 벌렁벌렁 뛰다 못해 터져버렸을지도 모른다.

나는 만날 기회가 오면 열에 아홉은 도망갈 것이다. 부담스럽고 무섭다. 열에 열이 아니라 굳이 하나를 남긴 이유는, 사람 마음이 워낙 복잡하고 덕심은 더더욱 복잡하니 실제로 닥친다면 어떤 반응을 보일지 자신이 없기 때문이다. "오빠를 보고 싶어서 열심히 살았고 지금도 열심히 살고 있어요." 이 말은 한 번쯤 하고 싶기도 하다. 한편으로 비슷한 말을 수없이 들었을 사람에게 한마디 더 얹어봤자 무슨 의미가 있을까도 싶다.

내가 열심히 사는 것은 나를 위해서다. 내 아이돌

을 보려는 의지가 원동력의 큰 비중을 차지하고 있긴 해도, 번역가가 되겠다는 꿈을 이루고 번역가로 살아남기 위해 노력하는 이유는 번역을 좋아하고 글쓰기를 좋아하기 때문이다. 그러니 굳이 직접 만나 대화를 나누는 계는 안 타도 괜찮다. 그런 식으로 성공한 덕후는 안 돼도 괜찮다. 물론 계를 탄다면 삶의 더 큰 활력소를 얻을 수는 있겠다. 그런 일이 생기면 인스타그램이든 어디든 동네방네 자랑할 것이다. 하지만 계를 타지 않아도, **좋아하는 감정만으로도 행복하게 살 수 있다.**

내가 가장 원하는 계는, 본업을 즐겁게 하는 모습을 보여주는 것이다. 앞으로도, 계속, 쭉. 내 눈까지 핑핑 돌 정도로 바쁜 스케줄은 안 줘도 괜찮다. 그렇게까지 바라면 욕심 같고, 이제는 주고 싶은 마음이 있어도 못 줄 수도 있다. 그래도 텔레비전을 통해서건 무대 위에서건 꾸준히 일해주면 좋겠다. 내 눈에 보이는 곳에 있으면 좋겠다. 앞으로도 그 모습을 볼 수 있다는 확신이 있다면, 큰 사고를 치지 않으리라 안심할 수 있다면, 나는 계를 탄 성공한 덕후다.

그렇지, 한 가지 더. 은퇴를 생각한다면 충분히 말해주면 좋겠다. 여기에 팬으로서 존중받았다고 느낄 수 있다면 내 덕생은 참 뿌듯할 거다.

하다 보니 사는 게 좋아졌다고요?

Take My Money!
단, 감정 있는 ATM입니다

연예인에게 팬은 어떤 존재일까. 연예인이 될 일이 없으니 상상해본다. 온 마음 다해 응원해주고, 미숙함으로 실수를 저질렀을 때 '쉴드'를 쳐주고, 필요할 때는 애정 어린 비판을 아끼지 않는 내 편이자 내 사람. 그리고 돈을 벌게 해주는 고객님. 전자는 알록달록 사랑스러운 동화 속 세계 같은데, 후자는 이해타산이 얽힌 현실 세계다. 모래바람이 버적버적 부는 냉혹한 현실인데, 연예인은 자기 일을 해서 돈을 벌고 팬은 합당한 돈을 내서 연예인을 소비한다. 엄연한 사실이다.

어릴 때는 돈 이야기가 불편했다. 돈을 빌려주고도 갚으라는 말을 하기 어려워서 혼자 끙끙 앓았다. 아르바이트를 할 때도 점심값을 달라고 해도 되는지 몰라 고민했다. 취업하려고 이력서를 쓸 때도 희망 연봉을 어떻게 적어야 할지 몰랐다. 연봉이야 많으면 많을수록 좋지만, 더도 말고 덜도 말고 깔끔하게 세후 1억을 희망한다고 해도 안 줄 것 아닌가. 이런 비뚤어진 생각을 하며 아주 소심한 연봉을 적었다. 대놓고 돈 이야기를 하면 속물적인 사람이라 여길 것 같았다.

돈은 살면서 없어서는 안 될 가장 기본적인 물질이다. 가진 돈이 많든 적든 없으면 살 수 없다. 그런데 왜 그랬는지 모르겠다. 이런 강박관념 때문에 연예인과 팬 사이

185

에 얽힌 '돈' 관계도 못 본 척했다. 내가 CD를 사고 화보를 산 돈이 연예인과 그 일에 연관된 사람들의 수입이 되는 것을 모르고 싶었다. 지금도 내가 낸 돈이 정확히 어떤 과정을 거쳐 어느 정도 비율로 생산자에게 가는지 모른다. 그쪽 관계자가 아닌 이상 영원히 알 수 없을 것이다.

연예인 관련해서만이 아니라 모든 생산과 소비에 얽히고설킨 돈돈돈이 싫었다. 번역료를 올려달라고 말을 꺼내는 것도 어려웠다. 이건 지금도 어렵다. 마음 같아서야 장당 얼마쯤(자세한 액수는 비밀) 받고 싶은데 그러면 일이 뚝 끊기겠지. 부자는 돈 이야기를 불편해하지 않는다는데, 나는 부유해질 자질이 없나 보다.

그래도 지금은 팬들의 소비가 어떤 형태로든 연예인(을 비롯한 덕질 대상)에게 가서 그가 먹고살고 차를 사고 집을 사고 기부하는 자금이 되는 것을 이해한다. 김동완도 '여러분 덕분에 여행도 가고 차도 사고~' 같은 의미를 담은 말을 했었다. 예전 같으면 듣기 싫다고 눈살을 찌푸렸을 텐데, 지금은 옳은 말이라고 고개를 끄덕인다. 내가 소비한 돈이 그의 집 마당에 깔린 잔디 한 평 정도에는 기여하지 않았을까 하는 생각도 한다.

덕후는 좋아하는 콘텐츠를 소비하기 위해 흔쾌히 지갑을 열 준비가 되어 있다. 덕후의 심리를 ATM에 처음

비유한 사람은 누구일까. 진심으로 박수를 보내고 싶다. 여기에 "감정 있는"이라는 수식어를 처음 붙인 사람에게는 무한한 존경심을 느낀다. 스스로 판단해 소비하겠다는 주체적 덕질러로서의 야망이 느껴진다.

　나도 덕질할 때는 후하게 지갑을 연다. 옷 한 벌 살 때는 몇 날 며칠, 심하게는 한 달 가까이 고민하면서 덕질 앞에서는 고민이고 뭐고 없다. 인터넷 쇼핑몰의 2만 원짜리 옷보다 안 읽고 쌓아둘 책들을 사느라 쓰는 5만 원이 더 저렴하게 느껴지고, 10만 원 훌쩍 넘는 콘서트나 뮤지컬 티켓을 몇 건이나 결제하고 좋아한다. 카드에 날개라도 달린 듯이 마구 긁어대다가 다음 달 카드값을 보면 기절초풍한다. 카드사 시스템에 문제가 있는 것 아닐까. 내가 돈을 이렇게 썼을 리가 없어! 그런데 결제 명세서를 보면 전부 내가 쓴 돈이다. 변명의 여지가 없다. 제발 좀 자제하자고 생각하면서도, 덕질 활동할 시기가 오면 신나서 돈을 쓰고 다음 달에 또 기절초풍하고의 무한 반복이다. 숫자 개념이나 경제관념이 덕질 앞에서는 흐릿해진다.

　돈을 써서 콘텐츠를 즐기는 것은 돈으로 행복을 사는 행위다. 콘텐츠가 예상만큼 즐겁지 않아 실망하더라도 사는 순간의 두근거림도 행복이다. 나를 즐겁고 행복하게 해준 생산자에게 정당한 대가가 가기를 바란다. 저작권 개

187

념을 잘 몰랐던 시절에는 무분별하게 다운로드를 해서 즐기곤 했다. 남들 다 하니까 나도 해도 되는 줄 알았다. 지금은 그 시절을 후회하고 반성하는 마음으로 어둠의 루트를 피한다.

내가 하는 소비는 통장 사정상 한계가 있다. 앨범을 몇 상자씩 사지도 못하고 뮤지컬 공연을 전관하지도 못한다. 좋아하는 작가를 인세 부자로 만들고 싶어서 수백 권을 사 주변에 나눠주며 홍보하는 일은 꿈도 못 꾼다. 외국 배우가 연극을 하면 비행기 타고 날아가서 한 달쯤 묵으며 보고 싶은데 불가능하다. 애초에 영어를 못 알아듣는다. 덕질에 돈을 펑펑 쓰고 싶은 마음은 굴뚝같은데 현실이 뒷받침을 못 한다.

로또를 사지도 않으면서 로또 1등을 간절히 바란다. 1등이 되면 나 혼자 혹은 지인과 살 투룸 하나 마련하고 남은 돈은 덕질에 쏟아붓고 싶다. 내 소비가 생산자 통장을 배부르게 해주진 못하겠지만, 열심히 소비하는 덕질러들이 여럿 모이면 통장에 그럭저럭 괜찮은 금액이 찍힐 것이다. 그렇게 소비한 돈으로 좋아하는 사람이 여유롭게 창작 활동에 전념할 수 있기를 바라고, 그 사람의 부에 내 돈이 0.00001퍼센트라도 보탬이 되면 좋겠다.

그렇다고 소비하는 순간에 생산자의 통장 사정을

일일이 생각하진 않는다. 경제적으로 보탬이 되고 싶다는 바람은 부수적인 이유일 뿐이다. 그냥 내가 좋고 행복하니까 자연스럽게 돈을 쓴다. 내 행복이 제일 중요하다. 몇 년 후 내 한 몸 뉠 집이 있기나 할지 모르는데 소비에 뿌듯함을 느끼다니 좀 잘못된 것 같다. 그래도 **내 소비로 나도 행복하고 생산자도 행복하다면, 돈은 마이너스일지언정 감정은 플러스가 됐으니 합리적인 소비다. 이 소비를 하기 위해 열심히 일한다.** 번역을 좋아하니까 일이 곧 덕질인 셈인데, 일은 일이어서 가끔은(솔직히 자주) 일하기 싫다. 그래도 앞으로 꾸준히 소비하고 싶으니까 책상 앞에 앉아 노트북 자판을 두드린다.

가끔 소비가 부끄러워질 때도 있다. 예를 들어 좋아했던 콘텐츠가 요즘 세상에 맞지 않게 차별적이어서 거리감을 느끼는 경우. 이때껏 좋아했던 만화나 애니메이션을 떠올리면 그런 것이 한둘이 아니다. 미성년자(심지어 초등학생!)와 성인이 사귄다는 설정이 아무렇지 않게 나왔던 만화나 변신 장면에 몸 선을 다 보여주며 어떻게든 성적 대상화에 힘쓰던 변신 소녀물, 구색 맞추기로 여성 캐릭터를 끼워 넣어 주인공의 각성을 위해 희생시키거나 여자 친구라는 정체성 말고는 역할을 주지 않는 수많은 만화나 영화 그리고 소설들. 예전에는 재미있게 보던 많은 콘텐츠가 지금 보면 너무 차별적이어서 불편하다. 한편으로 이렇게 비판적인 시선이 생기는 것은, 나는 물론이고 사회도 바람직한 방향으로 바뀌고 있다는 증거 같다.

콘텐츠 생산자가 차별적인 언동을 하거나 심각하게는 범죄를 저질러서 해당 콘텐츠에 정나미가 떨어지기도 한다. 서양 영화나 드라마라면 감독이나 배우가 인종차별을 해서 대대적인 비판이 일어나기도 하고, 일본 콘텐츠라면 극우 성향 문제, 중국 콘텐츠라면 동북공정이 있다. 외국 콘텐츠만 문제가 아니다. 우리나라 내에서도 최근 몇 년 사이 다양한 분야에서 여성 혐오 범죄나 발언 등이 숱하게 터졌다. 문학계 미투를 지켜보면서 속이 문드러졌고, 남자 연예인들이 여성을 대상으로 저지르는 사건을 접하면서 마음이 복잡해졌다. 솔직히 기분이 더러웠다.

돈과 시간과 열정을 퍼부었던 대상이 받아들일 수 없는 언동을 하거나 범죄를 저지른다면, 실망하는 수준을 넘어 좋아한 감정까지 부끄러워진다. 집에 있는 관련 물품을 다 갖다 버리거나 불살라버려도 분이 풀리지 않는다. 팬이었던 과거를 지우고 싶게 만들다니, 상상만 해도 열받는다. 저들이 그런 짓을 할 환경을 조성하는 데 일조한 것 같아서 괜히 죄책감을 느낀다.

요 몇 년, 국내외 연예인의 각종 사건을 접하다 보

니 새로 관심 가는 연예인이 있어도 처음에는 거리를 두려고 한다. 덕심은 이성으로 제어가 안 되니, 아무리 너는 너 나는 나라는 자세를 고수하려 해도 어느 순간 정신줄 놓고 매달리게 되지만. 그래도 연예인으로서 그럴싸하게 꾸민 모습을 보고 됨됨이를 지레짐작해 인간성이 어쩌고저쩌고하는 소리는 안 하려고 한다. 연예인은 어디까지나 연예인이다. 실제로 아는 사이도 아닌데 인성이 어떤지 어떻게 알겠나. 친한 친구나 가족은 물론이고 나 자신의 본성이 어떤지도 긴가민가하다. 목숨이 걸린 상황일 때, 내가 어떻게 행동할지는 모른다. 평온하게 사는 지금이야 남을 위해 행동하겠다는 이타적인 생각을 하지만, 실제로 그런 상황에 서면 남을 짓밟아서라도 살아남으려고 추악한 짓을 할지도 모른다.

연예인에게 큰 기대를 걸지 않고 예쁘장한 겉모습과 능력치만 보자고 타협하면, 언젠가 그가 잘못을 저지르더라도 충격이 그리 크지 않다. 언제든 발을 뺄 수 있는 가벼운 덕질을 지향하면 정신이 편하다. 그러나 사람 마음은 무 자르듯이 자를 수 없다. 머릿속으로는 적당히 파다가 아니다 싶으면 털고 나오자고 생각하면서도, 정신을 차리고 보면 좋아하는 마음이 무럭무럭 자라서 하늘에 닿은 뒤다. 그러니 좋아하는 사람이 부디 지극히 평범한 사람이

길 바라는 수밖에. 성인군자처럼 한 점 부끄럼 없기를 바라지 않는다. 그저 상식적이고 평범한 사람이길 바란다. 연예인에 초점을 맞췄지만 모든 콘텐츠가 다 그렇다.

　　동시대를 살고 있는 덕질러들과 나 자신에게 다만 이 말은 하고 싶다. 심각한 문제가 터져서 덕질했던 과거가 수치스러운 순간이 오더라도, 부끄럽게 만든 쪽이 잘못한 거지 덕질한 사람에게는 잘못이 없다. 팔기 위해 작정하고 포장한 것을 있는 그대로 소비하고 즐겼을 뿐이다. 좋아했던 자신을 부끄러워하기보다 상황을 잘 파악하고 감정 있는 ATM으로서 앞으로 어떻게 할 것인지 스스로 판단하고 선택하고 싶다. 그렇게 주체적이고 야망 있는 덕질러로서 살겠다고 다짐한다.

남의 새끼를
내 새끼 아끼듯

'네 새끼 너나 예쁘지.' 어떤 대상을 보고 하는 말이냐에 따라 누군가의 심장에 대못을 박는 공격적인 말일 수 있는데, 덕질로 한정하면 이보다 더 진정성 있는 말이 있을까 싶다. 혼자 덕질하다 보면 같이 놀고 흥분할 사람이 있었으면 좋겠다고 바란다. 재잘재잘 신나게 덕질 얘기를 할 수 있다면 덕질로 얻는 재미가 두 배, 보람도 두 배, 인생의 재미도 두 배 이상 늘어난다.

　　온라인상에서 덕친을 만들려고 하거나 현실 친구에게 영업을 시도하기도 하는데, 덕질은 웬만해선 누가 영업한다고 해서 빠지지 않는다. 떠밀리듯 반강제로 파기 시작해도 길게 못 하고 흥미를 잃는다. 나만 그러나 했는데, 인터넷 커뮤니티나 트위터 등에서 덕질 영업은 사절이라는 글이 종종 보이는 것을 보면 다들 비슷하게 생각하나 보다.

　　나도 영업 실패와 비슷한 경험을 한 적이 있다. 고등학생 시절, 같이 등·하교하던 친구에게 좋아하는 연예인 이야기를 자주 했다. 대부분 H.O.T.나 신화 이야기였다. 하지만 친구에게 영업할 생각은 전혀 없었다. 이때는 영업이라는 개념도 없었다. 매일 학교에서 얼굴을 보니 딱히 할 이야기가 없었고 친구가 먼저 이야깃거리를 제공하는 성격도 아니어서, 입에서 나오는 대로 아무 말이나 했더니 아이돌이 주제였을 뿐이다. 친구는 그게 마음에 안 들었나 보다. 점차 말수가 줄더니 나를 피했다. 결국 같이 다니지 않게 됐다.

나중에 공통 친구에게 전해 들은 바로는, 관심 없는 연예인 이야기만 자꾸 하니까 싫었다나. 그때 사람마다 관심사가 다르다는 것을 깨우쳤다. 친구를 미처 배려하지 못한 점을 깊이 반성했고, 한편으로 서운했다. 내가 하는 이야기가 듣기 싫었으면 자기 쪽에서 대화할 주제를 꺼내면 됐을 텐데 친구는 그러지 않았다. 혼자 서운해하고 멀어지기 전에 불만 사항을 직접 말해줬으면 좋았을 것이다. 불편하다고 말하기 어려워서 분위기로 싫은 티를 내는 소심한 아이였는데, 내가 둔해서 깨닫지 못했을까. 그런데 나도 소심함으로는 1등 먹는데? 20년 가까이 지난 일인데 지금도 종종 생각난다. 꽤 충격이었나 보다.

그래도 이때 경험 덕분에 덕질 이야기는 어느 정도 자제하는 분별력을 얻었다. 말하고 싶다는 생각이 들어도 꾹꾹 참는다. 알고 보면 내 생각에만 자제하는 거고 사실은 입만 열면 덕질 이야기 중이어서 주변에서 지긋지긋해하면 어쩌지. 참다 참다 도저히 못 참겠을 때 말하는 것이니 이해해주기를. 요즘도 이야깃거리를 제공하지 않는 사람과 오래 있으면 무슨 이야기를 해야 하나 동동거린다. 어색한 침묵이 부담스러워서 결국 가장 잘 아는 덕질 이야기를 하게 된다. 대화가 끊겼을 때는 무슨 이야기를 해야 자연스러울까.

티케팅 용병인 절친들과는 덕질 이야기를 비교적 자주 한다. 이때껏 덕질 대상이 겹친 역사가 없어서, 내가 아이돌을 파면 친구는 배우를, 내가 외국 배우를 파면 친구는 국내 아이돌을 판다. 같은 아이돌 그룹을 좋아해도 최애가 갈린다. 같은 사람을 좋아해서 손잡고 공연을 보러 다니면 좋겠다는 말도 몇 번 나왔고, 뮤지컬에 데리고 간 적도 두어 번쯤 있었다. 이때도 영업은 아니었고, 만나면 보통 밥 먹고 커피 마시고 영화를 보는데 거기에 색다르게 뮤지컬을 추가했을 뿐이다.

카톡창에 각자 좋아하는 연예인의 사진이 다양하게 오가도 우리의 취향은 결국 겹치지 않았다. 어쩌면 서로 취향이 다른 덕분에 큰 분란 없이 10년 가까이 티케팅 용병을 뛰는 걸 수도 있겠다. 대상은 달라도 덕후의 마음은 덕후가 이해한다고, 가끔 덕질하다가 북받치면 카톡에 감정을 토로한다. 만나서 놀 때도 하고 싶은 말을 제각각 떠든다. 옆에서 들으면 전혀 맞물리지 않는 말들이 싸움박질 하듯 오가는 것처럼 보일 텐데, 어찌어찌 대화가 진행되는 것을 보면 역시 절친은 절친이다.

덕질 주접을 너무 떨고 싶을 때는 미리 허락을 구

한 뒤, 사진을 선별해 올리고 예뻐 죽겠다고 헉헉댄다. 이런 주접에 친구들이 보이는 반응은 "ㅋㅋㅋㅋ"나 "얜 또 누구야?", "왜 또 그래~" 정도가 전부인데, 혼자 화르륵 달아올라 감당하기 벅찬 덕심을 펑 터뜨렸다가 식히기에는 이런 무심한 반응이 좋다. 물론 말을 잘 받아주는 사람은 두 손 두 발 다 들고 반긴다. 이때는 감정이 식지 않고 오랫동안 뜨겁게 달아오른다.

이렇게 서로 주접을 떨 때면 '네 새끼 너나 예쁘지'를 느낀다. 친구에게는 세상 그 누구보다 사랑스러운 자기 새끼가 내 눈에는 평범해 보인다. 친구 역시 내 새끼에게 비슷한 감정이리라. 내 눈에 아무리 잘나고 예쁘고 능력 출중한 연예인도 관심 없는 사람에게는 그냥 눈코입 보기 좋게 달린 유명인에 불과하고, 외국 배우라면 아주 유명한 사람 아니고서야 이름도 모르는 경우가 태반이다.

나도 최근 들어서야 이런저런 영화를 보기 시작했지 예전에는 유명한 영화들만 보는 편이었다. 그런데도 내가 본 영화를 친구들이 잘 모르는 경우가 많았다. 한편 나는 국내 연예인이나 드라마를 잘 몰라서 요즘 우리나라 대세를 전혀 모른다. 요즘 인기 있는 아이돌도 모르고, 「응답하라」 시리즈나 「슬기로운 감방 생활」이나 최근 인기 있었다는 「펜트하우스」나 「빈센조」도 제목만 알지 내용은 전혀 모른다. 대한민국을 들썩였던 각종 경연 프로그램도 관심 없다.

이처럼 연예인뿐 아니라 영화, 드라마, 노래, 책, 예능, 취미, 종교 등 푹 빠질 수 있는 모든 대상이 '네 새끼 너나 예쁘지!'라는 말에 해당한다. 이러니 덕후 마음 아무리 덕후가 이해해도 영업은 어렵다. 요즘 내가 새로 파는 대상은 대부분 외국 영화와 드라마와 배우인데, 누가 재미있다고 해서 보기 시작한 것은 거의 없다. 재밌으니 보라는 소리를 들을 때는 시큰둥하다가 몇 년이 지나서야 심심해서 뭐 볼 거 없나 뒤지다가 뒤늦게 보고 혼자 덕질한다. 물론 여전히 안 당겨서 안 본 유명 드라마도 많다.

남들이 다 재미있다고 하는 드라마를 동시에 좋아한 적도 있긴 있다. 거의 전 세계와 전 국민이 동시에 열광했던 영드 「셜록」이 그랬다. 후반 시즌은 캐릭터 붕괴도 심하고 내용도 이상해서 없는 셈 치고 싶지만 그래도 꽤 재미있게 봤다. 지금도 시즌 1, 2는 다시 보면 재미있는데, 「셜록」 자체를 덕질하진 않았다. 머리채를 살짝 느슨하게 잡혀서 곧바로 풀려 나왔다. 몇 년 단위로 오래오래 덕질하려면 대중성을 넘어 내 눈에 들어오는 포인트가 있어야 한다. 역시 덕질은 영업이 아니라 셀프 덕통사고로 시작한다.

'네 새끼 너나 예쁘지'는 '내 새끼도 나한테만 예쁘

다'와 같은 말이다. 내 새끼가 예쁘고 소중한 만큼 남의 새끼도 남에게 예쁘고 소중하다. 이 진리를 가슴에 단단히 새겨, 관심 없는 사람에게는 덕질 이야기를 자제하고 누군가 덕질 이야기를 하면 마음을 열고 듣는 사람이 되고 싶다. 남의 이야기를 듣기보다 내 이야기를 하고 싶은 욕망이 간질거리니까 쉬운 일은 아니다. 그래도 최소한 노력은 하고 싶다. 남의 새끼가 언제 내 새끼가 될지 모르니까.

'네 새끼 너나 예쁘지'의 태도를 고수해 무시했던 남의 새끼가 언젠가 내 새끼가 된다면 얼마나 민망하겠나. 그런 일이 절대 없다고 할 순 없다. 나만 해도 몇 년 전까지만 해도 유치해 보인다고 코웃음을 쳤던 드라마에 뒤늦게 빠져 한동안 허우적거린 전적이 있다. 남의 덕질과 새끼를 내 덕질과 새끼 아끼듯이 바라보며, 언제 새롭게 찾아올지 모르는 운명적인 덕질을 대비하며, 열린 마음으로 살아야 한다고 생각한 사건이었다.

그럼에도,

덕질하며 살고 싶다

세상에는 자기가 싫어하는 것을 남이 사랑하면 속이 뒤틀려서 깽판을 놓는 사람들이 있다. 무슨 앙심을 품었는지, 있는 말 없는 말 지어내서 물고 늘어지는 사람들이 많다. 인터넷 게시판 등에 악의적인 글을 올리거나 그런 댓글을 달며 괴롭히는 행위를 '어그로를 끌다'라고 한다. 분탕질과 비슷한 말이다. 어느 분야나 덕질하다 보면 악의로 똘똘 뭉친 이런 사람들을 흔히 본다. 무언가를 무작정 싫어할 수는 있다. 그런데 적극적으로 나서서 싫어한다고 외치는 열정은 어디에서 나오나 싶다. 입으로는 싫어한다고 말하면서 속으로는 관심이 많아서 그러나.

남이 어떤 대상을 좋아한다고 생각하는 것만으로도 불쾌할 정도로 싫은 건 도대체 어떤 기분일까? 나는 그 정도로 싫어하는 것은 없다. 그냥 좀 별로이거나 관심 없는 연예인, 작가, 소설, 드라마, 영화는 있다. 별로인 이유가 있을 때도 있고 없을 때도 있다. 좋아하는 대상도 가랑비에 옷 젖듯이 스며들다가 어느 순간 사랑에 빠진 걸 깨닫고, 나중에 좋아하는 이유를 생각해내 덕지덕지 가져다 붙인다. 좋아하는 마음도 그러한데 싫어하는 마음에 이유는 필요 없다. 덮어놓고 싫어해도 괜찮다.

그래도 단 한 가지만은 지키려고 노력한다. 내가 '싫어하는 것'을 굳이 말하지 않는 것이다. 내가 끔찍하게 싫어하는 것을 좋아하는 사람이 세상 어딘가에는 있다. 알고 보니 그 사람이 내 절친이거나 트친일 수도 있다. 아무 생각 없이 한마디 했다가 모르는 사이에 상대방에게 깊은 상처를 줄 수 있다. 말은 이렇게 하지만, 이미 그랬던 적이 셀 수 없이 많을 것이고 지금도 그러고 있을지도 모른다. 의도하지 않고 무심코 던지는 어떤 말, 또는 조심한다고 생각하며 한 말이 누군가를 슬프게 할 가능성은 얼마든지 있다.

나는 외모에 지나치게 까다로워서 외모 기준에 미치지 못하는 사람에게는 손톱만큼도 관심이 없다. 어디까지나 나만의 외모 기준이라 다른 사람 눈에는 '저게 뭐가 예쁘고 뭐가 잘생겼어?'일 테지만, 나름의 기준이 확고하다. 외모로도 용서가 안 되는 연기력보다 연기력으로도 용서가 안 되는 외모를 용서할 수 없다고, 진담 담은 장난으로 말하기도 한다.

반대로 누군가는 칭송해 마지않는 외모에 전혀 수긍할 수 없는 경우도 부지기수다. 그럴 때 속으로 별로라고 생각하는 것은 괜찮다. 없는 자리에선 나라님도 욕한다지 않나. 남에게 피해를 주지 않고 내 안에서 완결되니 죄가 아니다. 나도 어린 시절에는 세상 모두가 나와 비슷한 심미안을 지녔다고 여겼으니 누군가를 비하하는 말을 했을지도 모른다. 기억은 못 하지만 나 때문에 불쾌했던 사람이 있다면 진심으로 사과하고 싶다. 지금은 미를 판단하는 기준은 물론이고, 노래나 연기를 잘한다고 판단하는 기준도 사람마다 제각각이라고 생각한다. 대다수가 미인이라고 말하는 사람도 내 눈에는 별로인 경우가 많고, 내 눈에는 우주 최고 미인도 남에게는 별로일 수 있다.

　나는 나, 너는 너. 취향은 무궁무진하니 남에게 폐를 끼치거나 사회적 물의를 일으키는 것이 아닌 이상, 개인의 취향을 존중해야 한다. 이렇게 생각하기까지 나도 부침을 겪었다. 내가 좋아하는 것을 뻔히 알면서도 내 앞에서 아무렇지 않게 최애를 비하한 지인에게 치가 떨려서 인연을 끊은 적도 있다. 복수심에 그 지인이 좋아하는 사람을 욕하기도 했다. 지인이 잘못한 거지 그 사람은 아무 잘못도 없는데. 이런 경험 덕분에 내가 당하기 싫은 일은 남에게 하지 않으려고 노력한다. 아직 많이 부족하다.

　덕질은 바쁘고 힘든 하루를 살아가는 소중한 힘이다. 당장 회사를 때려치우고 싶다가도 덕질 자금을 마련하기 위해 사표를 고이 품에 넣는다. 인생 되는 대로 살고 싶다가도 최애에게 부끄럽지 않은 사람이 되고 싶어서 노력한다. 팍팍한 하루에 지쳤다가도 인스타그램에 새로 올라온 셀카 하나, 새로운 영화 촬영 소식 하나로 배시시 미소

짓는다. 덕질이 없으면 내일 당장 뭘 해야 할지 눈앞이 캄캄한 사람도 있을 것이다.

　모두에게 덕질은, 무언가를 좋아하는 감정은 각자 나름의 방식으로 소중하다. 그러니 다른 사람의 소중한 순간을 방해하지 않기 위해서라도 싫어하는 것들을 구태여 전시하지 않아야겠다. 무엇보다 싫은 이야기를 하면 내 기분도 안 좋다. 나서서 기분을 상하게 할 필요가 어디 있나. **그럴 시간에 좋아하고 사랑하는 것에 대해서 더 많이 이야기하고 싶다. 더 많이 사랑할 것을 그랬다고 먼 훗날 후회하지 않도록 아낌없이 사랑하고 싶다.**

　어그로를 끄는 사람들도 싫어하는 것에 집중하느니 좋아하는 것을 찾으면 좋겠다. 그냥 관심받고 싶어서 아무 말이나 떠들어대는 관심종자일까? 나도 주목은 받기 싫으나 관심은 받고 싶은 소극적인 관심종자라서 무슨 심리인지는 알겠다. 그래도 다른 사람을 괴롭히기보다는 사랑하며 살면 좋겠다. 싫어할 자유야 있겠지만, 다른 사람을 슬프게 하면서까지 고수해야 할 만큼 숭고한 자유는 아니다. 혐오를 전시하지 말고 이왕이면 사랑을 퍼뜨리며 살면 좋겠다.

　덕질은 막연한 대상에게 퍼붓는 일방적인 사랑이다.

일대일로 주고받는 감정이 아니다. 살아 있는 대상을 상대로 하는 덕질이라면 각종 SNS의 발달 덕분에 어느 정도는 주고받을 수 있다. 그러나 가족이나 친구와 나누는 감정과는 차이가 있다. 피드백이 없고, 혹시 있더라도 내가 바라는 방식이 아닐 확률이 높다. 일방적인 사랑이니 언제든 그만둘 수 있다. 자기 삶이 바빠서 관심을 못 주다가 흐지부지 식을 수도 있고, 사회적 물의를 일으켜 정이 뚝 떨어질 수도 있다. 오늘은 이걸 좋아했다가 내일은 저걸 좋아하는 식으로 이리저리 휙휙 옮겨 타도 욕먹을 일은 아니다. 달궈지기도 쉽고 식기도 쉬운, 소비하는 사랑이다. 그래도 감정을 맺고 끊는 게 말처럼 쉽진 않다. 적어도 나는 그렇다. 스트레스를 받으면서도 쉽게 덕질을 끊어내지 못하는 편이다.

미친 듯이 좋아했던 드라마나 영화 중에 결말이 엉망진창이라 덕질한 시간을 돌려달라고 항의하고 싶은 작품도 있다. 구축한 세계관이 무너지고 캐릭터가 붕괴해서. 내게는 용두사미의 대표적인 작품이 마블의 「어벤져스」 시리즈였다. 내가 아끼던 캡틴 아메리카는 갑자기 책임감을 집어던졌고, 5년이라는 공백이 생기면서 이야기가 엉성해졌다. 내 해석과 안 맞았을 뿐이니 누군가에게는 최고의 명작일 테고 그 시선도 존중하지만, 나는 이런 결말을 보려고 몇 년간 열심히 봤나 싶어서 화가 났다. 결말을 이미 아니까 앞서 시리즈를 다시 복습할 엄두도 안 난다.

배우 스캔들 때문에 복습을 못 하는 작품도 있다. 「캐리비안의 해적」 시리즈가 그렇다. 주연 배우가 저지른 폭력 때문에 1편부터 3편까지는 명작이라고 생각하면서도 다시 보자니 죄책감이 든다. 잘못은 다른 사람이 했는데 왜 내가 죄책감을 느껴야 하는지 의문인데 기분이 그렇다. 이런 일을 몇 번 겪으니 내 안의 무언가가 뭉텅 잘려나간 것처럼 허무하다. 내가 좋아서 시작한 덕질이니 어디 가서 하소연할 수도 없다. 내 꼴만 우스워지니까 덕질 자체에 회의감을 느낀다. 그러면서도 여전히 미련이 있어서 괴로워하면서 다시 본다. 그냥 훌훌 털고 안 돌아보면 될 텐데, 영 그러질 못한다.

쉽게 시작하고 끊을 수 있는 듯하면서도 절대 쉽지 않은 것이 덕질이다. 과몰입하지 않는다면 충격을 받더라도 큰 지장 없이 살아갈 수 있지만, 자아 의탁 없는 쿨한 덕질을 어찌 덕질이라 하겠는가. 늘 꽃길만 걷는 편한 덕질은 드물다. 살아 있는 사람을 덕질할 때는 더 그렇다. 아이돌 덕질을 하면서 마음고생 참 많이 했다. 화장하면 사리 나올지도 모른다. 구설 많은 연예인을 좋아하는 팬들은 다 살아 있는 부처고 살아 있는 보살이다.

가끔 뭐 하러 이 돈과 이 시간을 쓰고 앉았나 현타(현실 자각 타임)를 느낀다. 그러면서도 **덕질을 놓지 않는 이유는, 누가 뭐래도 덕질할 때 행복하기 때문이다. 진창을 뒹굴어도 달콤한 꿀을 맛보는 순간이 있기에, 그 순간이 주는 짜릿함이 삶의 원동력이 되기에 덕질을 한다.** 도저히 아니다 싶으면 쿨하게(절대 쿨하지 못하게 온갖 욕설과 눈물을 짜낼 것 같지만) 이별하는 똑 부러진 정신머리를 갖추기를 바라면서 덕질을 한다. **어린 시절부터 덕질과 함께 살아왔듯이, 앞으로도 대상은 달라질지 몰라도 매 순간 사랑 넘치는 덕질을 하며 살 것이다.**

우리는 모두 덕질하며 산다

덕질 유전자라는 말이 있다. 피부나 치아가 상당 부분 유전이듯이 덕질 성향도 유전적으로 타고난다고 장난스럽게 하는 말이다. 이와 비슷하게 덕질 DNA라는 말도 있다. 유전자나 DNA나 거기서 거기이니 비슷한 게 아니라 같은 말이겠다. 아무튼, 덕후 기질이 DNA 단계에서 찍혀서 태어났다고 주장하는 것이다. 둘 다 재미있는 말이어서 적극적으로 사용하고 싶다. 내가 덕질하며 사는 것도 다 DNA 때문이고 유전자 때문이지 내 잘못은 아님 같은 식으로.

아이돌, 만화(애니메이션), 영화, 드라마, 배우, 책, 아주 가끔 피겨. 취미로 먹부림과 뜨개질하기. 의외성이라곤 없는 흔해빠진 덕질에 정신을 팔며 사는 나. 영화를 사랑해서 영화감독을 꿈꿨고 지금은 집에서 초등학생 딸과 함께 게임하는 시간이 행복하다는 친오빠. 우리 둘에게 덕질 유전자를 준 사람이 누구일지 생각해봤는데, 불교에 심취한 엄마가 떠올랐다. 종교이자 자기 수양을 덕질과 같은 선상에 두면 불경한 생각일까? 그래도 무언가에 깊은 관심이 생겨 꾸준히 알아보고 살피며 마음의 위안을 얻는 행위라는 점은 비슷하다고 본다. 엄마는 불교 공부를 위해 일정을 빽빽하게 짜서 매일 부지런히 산다. 계획 없이 덕질하는 나와 달리 아주 체계적이다. 꼼꼼하고 체계적인 유전자도 같이 물려줬으면 좋았겠다 싶다.

엄마의 불교 사랑처럼 세상에는 다양한 덕질이 있다. 자기가 덕질하는 분야를 모르는 사람을 머글이라 부르지만, 내 눈에는 머글로 보이는 사람도 무언가를 덕질할 수 있다. 그 사람의 분야에서는 내가 머글이다. 가족을 너무 사랑해 가족을 덕질하는 사람도 있고, 아웃도어를 좋아하는 캠핑족도 있고, 금쪽같은 내 새끼 반려동물을 애지중지 키우기도 한다. 음식에 진심이어서 맛있는 음식 에세이를 낸 작가들도 많다. 그렇지, 전 남친은 건담 팬이었는데 지금은 건담 게임을 만드는 회사에서 일러스트레이터로 일한다. 요즘도 종종 메일을 주고받는데, 예전부터 좋아하던 건담 시리즈를 직접 그리니까 꿈을 꾸는 것 같다고 한다. 전 남친도 진정으로 성공한 덕후다.

이렇게 덕질 분야에서 뭔가 해낸 사람들은 덕질의 달인 같다. 나처럼 '가늘고 길게'만이 장점이라고 주장하는 슬렁슬렁 덕질러와는 비교도 안 되게 눈부시다. 나는 덕질을 논하기에는 부족한 사람이다. 그래도 모든 사람이 덕질로 한가락씩 할 순 없다. 나처럼 평범하게 덕질하는 사람도 덕질 덕분에 하루하루 살아갈 힘을 얻는다고 말하고 싶었다. 지금까지 해왔고 하는 중이고 앞으로도 할 내 덕질을 돌아보고 싶었다. 내 삶에 큰 영향을 미친 김동완과 방향성을 제시해주는 다른 덕질을 어여쁘게 여기고 싶었다. 이런 사심으로 시작한 글에 이제 마침표를 찍을 순간이 왔다.

돌아보면 덕질은 매 순간 나를 도왔다. 자괴감이 심해져

절망하지 않게 구해줬고, 평생 인연을 이어가고 싶은 친구를 만나게 해줬고, 행동하기 두려워하는 사람을 행동하게 해주거나 최소한 행동하려는 의지를 갖게 해줬고, 내 삶을 긍정적으로 열심히 살고 싶게 해줬다. 지금은 이렇게 글을 쓸 용기까지 줬다. 덕질이 없었다면 지금과는 전혀 다른 삶을 살았을 것이다. 나는 지금 내 모습이 평생 지켜본 나 중에서 가장 사랑스러우니 역시 덕질을 해서 천만다행이다.

앞으로 내 덕질 인생에 무슨 일이 생길진 아무도 모른다. 당장 내일모레 큰 사건이 터져서 배신감에 마음이 갈기갈기 찢어질 수도 있다. 탈덕하고 눈 돌아간 팬이 더 무섭다고, 지금은 인간 말종이나 하는 짓이라고 여기는 안티 짓을 내가 하게 될지도 모른다. 좋아한다고 입이 닳도록 말한 대상에게 욕을 퍼붓는 일도 얼마든지 생길 수 있다. 그래도 어떤 상황이 벌어지든, 지금까지 사랑한 것들이 내 뼈와 피와 살을 이루고, 가치관을 형성하고, 여기까지 살게 한 것은 사실이다.

나는 덕질에 빚을 지며 살아왔고 앞으로도 그렇게 살 것이다. 영어 실력이 여전히 제자리걸음이어도, 좋아했던 감정이 수치스러워지는 순간이 오더라도, 아낌없이 사랑하고 또 사랑하겠다. 앞으로도 쭉 덕질과 함께하겠다. 매일 덕질에 희망 한 조각을 걸치고 열심히 살아가는 이 세상의 평범한 모든 덕후들처럼.

행복한 덕생! 행복한 현생! 행복한 인생!

그깟 '덕질'이 우리를 살게 할 거야

초판 1쇄 발행   2021년 7월 12일
초판 2쇄 발행   2023년 9월 22일

지은이   이소담

펴낸이   한선화
책임편집   이미아
디자인   onmypaper
홍보   김혜진
마케팅   김수진

펴낸곳   앤의서재
출판등록   제2022-000055호
주소   서울 서대문구 연희로 11가길 39, 4층
전화   070-8670-0900
팩스   02-6280-0895
이메일   annesstudyroom@naver.com
인스타그램   @annes.library

ISBN   979-11-90710-24-4 03810